Die Zauberkicker

Schattenspiel

Erzählt von Benjamin Schreuder
Mit Illustrationen von
COMICON S.L. / David Enebral + Eva Blank

KOSMOS

Illustrationen von COMICON S.L. / David Enebral + Eva Blank
Grundlayout von Sabine Reddig
Titelschildgestaltung von Guter Punkt GmbH & Co. KG

»Schattenspiel« ist der 5. Band der Reihe »Die Zauberkicker«.
»kicker Kids®« ist eine eingetragene Marke der Olympia-Verlag GmbH.

Unser gesamtes lieferbares Programm und viele
weitere Informationen zu unseren Büchern, Spielen,
Experimentierkästen, Aktivitäten, Autorinnen und
Autoren findest du unter **kosmos.de**

FSC www.fsc.org
MIX
Papier aus verantwortungsvollen Quellen
FSC® C014138

Gedruckt auf Cradle to Cradle Certified™ Munken Papier

ISBN: 978-3-440-17891-1
Redaktion: Lea Hille, Tanja Schult
Satz: DOPPELPUNKT, Stuttgart
Produktion: Verena Schmynec
Druck und Bindung: Finidr, s.r.o., Český Těšín
Printed in Czech Republic / Imprimé en République tchèque

Inhalt

Was bisher geschah …

Der elfjährige Ben träumt von einer Karriere als Fußballstar. Die Chance dazu erhält er in der Fußballakademie Tannwald.

Nach einer turbulenten Probewoche wird er dort tatsächlich aufgenommen und spielt seitdem mit seinen neuen Freunden Robin und Mika für Rot-Weiß Tannwald.

Tannwald ist ein altehrwürdiges Anwesen mit einem besonderen Geheimnis: Dort existieren magische Maskottchen, die aber nur für diejenigen sichtbar werden, die an Magie glauben. Für alle anderen bleiben sie unsichtbar.

Nachdem Ben in seiner Probewoche den verfressenen Waschbären Pelé kennengelernt hat, machen er und seine Freunde auch noch Bekanntschaft mit einem eindrucksvollen Tiger-Maskottchen: Rapida ist blitzschnell, und gemeinsam mit Pelé unterstützt sie die Neuankömmlinge in der Fußballakademie mit Rat und (magischer) Tat. Die fünf sind ein richtig gutes Team!

Doch damit könnte es bald vorbei sein, denn die Magie im Internat kann nur durch alte Andenken, Briefe und Erinnerungen an die guten alten Zeiten von Tannwald erhalten bleiben. Als ein wertvolles Trikot verschwindet, befürchten die Freunde das Schlimmste: Die Magie könnte für immer verschwinden! Steckt eventuell Finanzdirektor Jungblut mit seinen Sponsorenplänen dahinter?

1

Die Natur ruft!

Ben schlief noch tief und fest, als die ersten Sonnenstrahlen durch die Vorhänge von Zimmer 02 linsten. Plötzlich plärrte eine Reporterstimme direkt neben seinem Ohr los:

»Toooooor! Tooooor! Toooor!«

Blitzschnell richtete sich Ben auf und riss die Arme jubelnd in die Höhe. Sein Gehirn befand sich noch im Tiefschlaf. Und verpennt, wie er war, bemerkte er zu spät, dass er sich direkt an der Bettkante befand.

Ben verlor das Gleichgewicht

und kippte auf den Boden. Erst kurz nach der unsanften Landung begriff er, woher der Jubel gekommen war: aus den Lautsprechern seines neuen Weckers.

Stöhnend rappelte sich Ben auf und schaltete den Weckton aus. Er war erleichtert, dass niemand die Aktion mitbekommen hatte. Sein Zimmernachbar Robin jedenfalls schien unbeirrt weiterzuschlafen.

Da klopfte es an die Tür. »Na, schon fertig gepackt, ihr Schnarchnasen? Bereit für den Trip in die Wildnis?«, tönte es gut gelaunt von draußen. Es war natürlich Mika. »Man sollte einen Wirbelwind nach ihr benennen«, hatte Robin es einmal treffend ausgedrückt. Mikas Energielevel schien direkt nach dem Aufstehen bereits die 100-Prozent-Marke zu sprengen.

Ben hatte höchstens 40 Prozent im Energietank, während er nun gähnend die Tür öffnete. Er versuchte gerade, »Guten Morg-« zu wünschen, da rempelte sich seine rot gelockte Mitspielerin bereits an ihm vorbei. Mit ihren großen Augen scannte sie den Raum.

»Ich bin ja sooo gespannt!«, platzte es aus ihr heraus. »Lass mich raten ... du hast gerade mal ein Paar löchriger Socken eingepackt und Robin hat noch nicht mal seine Tasche gefunden.«

Schmunzelnd zog Ben seine prall gefüllte Reisetasche unter dem Bett hervor. »Na, zufrieden?«

Mika gab einen anerkennenden Laut von sich. Unterdessen deutete Ben mit dem Kopf auf seinen schlummernden Mitbewohner. »Robin habe ich ehrlich gesagt noch gar nicht packen sehen. Ich glaube, er verdrängt die Expedition, so gut er kann.«

Mikas Augen funkelten vor Entschlossenheit. »Ha! Dann würde ich sagen: Höchste Zeit, dass wir seine Expedition ins Schlummerland beenden!« Schon krähte sie in Robins Richtung: »He, Schlafmütze! In zwei Stunden geht's zum Blauwaldsee. Alle warten dort schon auf dich: Waldameisen, Stechmücken, Wildschweine!«

Robin gab ein unverständliches Grummeln von sich, drehte sich zur Wand und schnarchte stur weiter.

»Uff!«, stöhnte Ben. »Also bei *den* tierischen Aussichten würd' ich auch lieber in den Federn bleiben.«

Tatsächlich hatte sich Ben noch gar keine ernsthaften Gedanken darüber gemacht, wie das Trainingslager in der Natur ablaufen würde. Die ganze Sache war eine recht spontane Idee von Trainer Taylor gewesen. Der ebenso abenteuerlustige wie eigenwillige Internatsleiter Wolpertinger hatte den Plan begeistert abgesegnet. Finanzdirektor Jungblut dagegen war weit weniger erfreut gewesen. Doch er war ein schlauer Fuchs und hatte seine Gelegenheit genutzt, den Sponsor *GreenerGreen* stärker ans Internat zu binden. Und so kam es, dass der Hersteller von angeblich gesunden und nachhaltigen Algen-Schoko-Riegeln Isomatten, Schlafsäcke und Zelte beigesteuert hatte – und das, obwohl Wolpertinger Jungbluts Begeisterung für das Start-up-Unternehmen nicht teilte.

Ben machte sich gerade Gedanken, ob der Ausflug das U12-Team zusammenschweißen oder eher das Gegenteil bewirken würde, da nuschelte Robin laut im Schlaf: »Was für 'ne Schrottidee ... ein Fußballturnier auf dem Mond. Pah! Die Heimmannschaft hat voll den fiesen Vorteil.«

»Wie süß«, sagte Mika kichernd. »Unser Robin plappert im Schlaf.«

»Sooooo süß ist das auch wieder nicht«, meinte Ben etwas gequält und musste einmal mehr gähnen. »Dieses Mond-Turnier beschäftigt ihn schon die ganze Nacht ...« Mit einem Seufzer fügte er dann hinzu: »... und *mich* auch.« Tatsächlich war Ben in den letzten Stunden mehrfach durch Robins Gemurmel aus dem Schlaf gerissen worden.

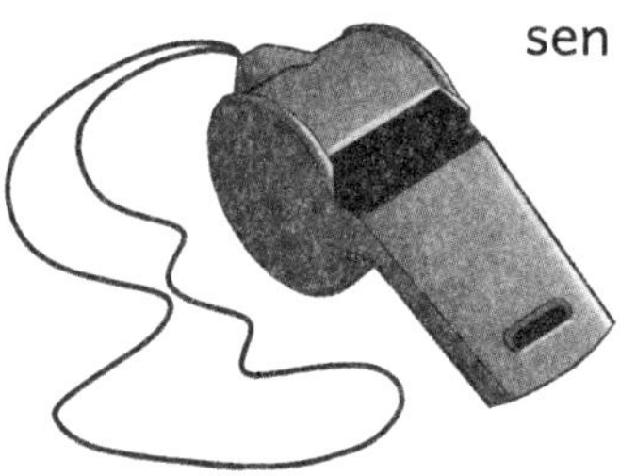

In dieser Sekunde moderierte sein Zimmernachbar das Traumgeschehen weiter: »Schiri, pfeif endlich ab! Wie soll man denn bitte bei der Schwerkraft hier anständig kicken? Ständig verspringt die verdammte Kugel.«

Mika fand die ganze Mondfußball-Geschichte so ulkig, dass sie schließlich nicht mehr an sich halten konnte: Sie brach in heftiges Gelächter aus und riss Robin damit aus dem Schlaf.

»Willkommen zurück auf der Erde!«, begrüßte Ben seinen Mitbewohner, der mühsam die Lider aufklappte.

»Wisch dir am besten erst einmal den Mondstaub aus den Augen«, neckte ihn Mika.

»Häh? Was soll das? Beobachtet ihr mich?«, brachte Robin schlaftrunken heraus.

»Wir haben dir eher *zugehört* – unfreiwillig«, erklärte Mika grinsend. »Sag mal, hast du zufällig gegen den 1. SC Vollmond gespielt?«

Robin zog verwirrt die Augenbrauen zusammen, während er sich aufrappelte. »Also, ich versteh nur Bahnhof.«

Ben deutete mit dem Kopf auf Mika. »Sie wollte einfach nur sichergehen, dass wir den Wildnisausflug nicht verpennen.«

Beim Stichwort *Ausflug* gefroren Robins Gesichtszüge.

»Mist!«, entfuhr es ihm. Er hechtete aus dem Bett, wetzte zum Schrank, riss die Tür auf und schleuderte ziemlich wahllos Klamotten auf den Boden. Dabei murmelte er nervös vor sich hin: »Was soll ich überhaupt mitnehmen? Und wo ist die verdammte Tasche? Oder soll ich erst einmal Zähne putzen? Oder erst packen? Am besten beides gleichzeitig!«

Prompt flitzte Bens Mitbewohner ins Badezimmer und kam mit einer Zahnbürste im Mundwinkel zurück.

»Kleiner Tipp«, schaltete sich Mika ein. »Vorm Packen immer die Wetteraussichten checken. Am Blauwaldsee wird's dicke über 30 Grad. Heute Abend soll es einen kurzen, aber heftigen Regenschauer geben. Regensachen wären vielleicht nicht schlecht. Und nachts wird's natürlich frisch im Zelt.«

»Boah! Hitze und Regen und dann noch im Zelt frieren? 'Ne Topvorbereitung sieht ehrlich gesagt anders aus. Ich meine, immerhin haben wir morgen gleich ein Pokalspiel. Und diese Forstenberger sind ja kein Wald-und-Wiesen-Verein, die hätten im letzten Jahr um ein Haar den Pokal gewonnen«, nuschelte Robin an seiner Zahnbürste vorbei.

»Witzig«, fand Mika. »Benno und Hannes sagen fast genau dasselbe. Sie meinten, den Sieg könnten wir den Gegnern gleich schenken. Die beiden machen richtig Stimmung gegen Taylor. Ach ja, und dass wir die Handys hierlassen sollen, finden sie besonders ätzend.«

Ben rollte mit den Augen. »Tja, die beiden finden immer einen Grund zum Meckern. Und nur weil wir mal auf 'ner Isomatte schlafen und nachts vielleicht ein Fuchs bellt, verlernen wir doch nicht gleich das Fußballspielen und fliegen aus dem Wettbewerb.«

Robin starrte Ben mit weit aufgerissenen Augen an. »In dem Wald gibt's Füüüüüchseeeee?«

»Na ja, das ist halt ein Wald«, meinte Mika, als wäre das das Allerselbstverständlichste. »In der Natur gibt's ... nun ja ... Füchse.«

Ben deutete mit dem Kopf zum Fenster. Nur wenige Meter hinter der Scheibe begann der tiefgrüne Tannwald. »Da draußen hab ich auch schon einige gesehen.«

Robins Mund klappte auf und zu wie bei einem Fisch. »Wirklich?«, fragte er und entschied dann: »Ich mach das Fenster nie wieder auf!«

Mika klopfte ihm belustigt auf die Schulter. »Du bist halt ein echtes Stadtkind.«

Robin streckte ihr die Zunge heraus und setzte dann seine chaotische Packaktion fort. Ben kickte derweil einen kleinen Stoffball gegen den Heizkörper unter dem Fenster. Plötzlich zuckte er zusammen. Zwischen den dichten, sich im Wind wiegenden Tannenzweigen hatte er etwas entdeckt. Und dieses Etwas zauberte ein fröhliches Funkeln in seine Augen. »Hey, Leute! Guckt euch das mal an!«, jubilierte er.

Robin hatte gerade andere Sorgen, Mika dagegen drückte kurz darauf ebenfalls ihr Gesicht gegen die Fensterscheibe.

Für einen Moment kam Ben alles vor wie ein Traum. Ritt da wirklich ein freundlich winkender Waschbär auf einer eleganten Tigerin auf sie zu? Schließlich wurde Ben

wieder klar: Hier, im Fußballinternat Tannwald, herrschten eigene Gesetze. Hier gab es magische Maskottchen, die schon vor Jahrzehnten bestimmte Spielerinnen und Spieler unterstützt hatten – nämlich diejenigen, die an Magie geglaubt hatten.

Nach seiner Ankunft im Internat hatte Ben im Schlosskeller den fußballverrückten, stets gut gelaunten und leicht verfressenen Waschbären Pelé kennengelernt. Er versprühte grenzenlose Zuversicht. Pelé wusste immer genau, wie er Ben motivieren konnte, wenn der verunsichert war oder sich so weit weg von seinem Zuhause einsam fühlte. Ohne den Waschbären und seine Ideen hätte Ben in einigen schwierigen Situationen einfach aufgegeben.

Die Tigerdame Rapida war das zweite Maskottchen, das sich Ben und seinen Freunden gezeigt hatte. In Sachen Athletik und Schnelligkeit konnte niemand mit ihr mithalten. Die wachsame Raubkatze wirkte auf den ersten Blick einschüchternd, hatte aber ein sehr sanftes Wesen. Sie sprach nicht viel, schien allerdings eine ganz besondere Verbindung zu Mika zu haben.

Während Pelé nun von Rapidas Rücken auf die Fensterbank hüpfte, wünschte die Tigerin den Kindern einen guten Morgen und setzte schon zu einem kraftvollen

Sprint an – »Muss noch an meiner Kondition arbeiten», rief sie ihnen zu. Dann sauste sie im Zickzack zwischen den Tannenstämmen hindurch. Dabei schien sie sich plötzlich in einen feuerfarbenen Blitz zu verwandeln und verschwand aus dem Blickfeld der Kinder.

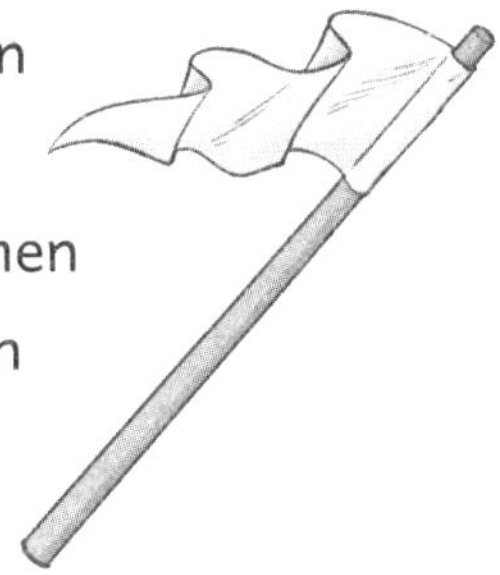

»Tja, sie übt schon mal für den Blauwald«, kommentierte der magische Waschbär trocken.

Ein hoffnungsvolles Grinsen umspielte Mikas Mundwinkel. »Sag bloß, Rapida kommt mit?«

Pelé reckte seine pelzigen Waschbärdaumen nach oben. »Meinst du, wir lassen uns so ein Abenteuer entgehen?«

»Wir?«, wiederholte Ben. Seine Kinnlade klappte kurz hinunter. »Heißt das, *du* kommst auch mit?«

Erneut schnellten die Waschbärdaumen nach oben. Ben und Mika fielen sich vor Freude in die Arme und drückten auch Pelé an sich. Doch dann kam Ben etwas in den Sinn: »Könnt ihr euch überhaupt so weit vom Internat entfernen?« Er bekam einen Kloß im Hals vor Sorge. Auf keinen Fall durften sich ihre lieb gewonnenen Begleiter auflösen – schlimmstenfalls sogar für immer.

Mika zwirbelte nachdenklich eine Locke um ihren Zeigefinger. »Ich dachte auch, ihr zwei müsst immer beim

Schloss bleiben wegen der ganzen alten Dinge im Lagerraum.«

Tatsächlich lagerten im Keller allerlei Pokale, Wimpel, Trikots und signierte Bälle aus den goldenen Tagen des Fußballinternats. Diese Dinge hatten eine unschätzbare Bedeutung. Sie hielten nicht nur die Erinnerung an die Vergangenheit wach, sie dienten den Maskottchen auch als geheime Energiequelle.

»Ach, so eine Zweitagesreise ist doch keine große Sache«, winkte Pelé locker ab. »Außerdem wird der gute Wolpertinger unauffällig ein bisschen alten Krimskrams in Taylors Tasche packen.« Er strahlte. »Eine mobile Maskottchen-Energiequelle! Ist das nicht genial?« In dem Moment grummelte sein Magen so laut, dass Robin sein hektisches Packen unterbrach und endlich aufblickte.

»Der magische Waschbär!«, rief er überrascht aus und machte eine Siegerfaust. »Du kannst mir mit deinen Superkräften beim Packen helfen!«

»Sorry.« Pelé schüttelte grinsend den Kopf. »Im Sachenpacken bin ich genauso ’ne Null wie im Rechnen. Das Ergebnis ist immer dasselbe – eine Katastrophe! Wahrscheinlich würdest du am Ende nur Snacks in deiner Tasche finden.« Plötzlich glühten seine Augen türkisfarben. »Apropos Snacks ... ihr habt's gehört. Mein Magen knurrt wie verrückt.«

»Ha, auf das Stichwort hab ich gewartet.« Mika klatschte in die Hände. Im Nu hatte sie eine Packung Tortillachips von Bens Schrank gefischt und sie Pelé zugeworfen. Der fing die Tüte gekonnt, riss sie sofort auf und schon erfüllten ohrenbetäubendes Schmatzen und Knuspern den Raum.

Beinahe hätten Ben, Mika und Robin vor lauter Fressgeräuschen Taylors Stimme überhört. »Früüüüühstück, *girls and boys!*«, rief der Trainer in seinem unverwechselbaren Amerikanisch-Deutsch durch den Flur. »Zeit für den *energy boost!*«

Robin betrachtete zerknirscht seine Tasche. »Irgendwie fehlt noch die Hälfte.«

»Keine Sorge! Nach dem Frühstück ist noch Zeit«, tröstete Mika ihn. Sie kannte wie immer den Tagesplan in- und auswendig.

Ben öffnete die Zimmertür und war bereit, mit den anderen Richtung Hauptgebäude zu marschieren. Da rief Pelé ihnen hinterher: »Heee, halt! Ihr habt doch nicht etwa das Wichtigste vergessen, oder?«

»Willst du etwa noch meeehr Snacks, Bär?«, fragte Robin und kratzte sich am Kopf.

»Nein, aber das Trikot«, antwortete das Maskottchen mit leicht brüchiger Stimme.

Robin fasste sich verwundert an die Stirn. »Frisst er denn jetzt auch Trikots?«

In Bens Gehirnwindungen arbeitete es. »Ach, das WM-Trikot, das aus dem Lagerraum verschwunden ist …«, ging es ihm auf. Es war quasi ein historisches Kleidungsstück – ein von allen brasilianischen Spielern signiertes Trikot der Weltmeisterschaft von 1958.

»Wir haben es nicht vergessen, Kumpel«, versicherte Mika Pelé. »Wir finden den Dieb.«

Tatsächlich sah alles nach einem Diebstahl aus. Der Internatsleiter hatte deshalb sogar die Polizei eingeschaltet. Die Ordnungshüter hatten die Kellerräume durchsucht und eine Anzeige aufgenommen. »Mehr können wir nicht tun«, hatten sie abschließend gesagt. Natürlich konnten die Polizisten nicht wissen, welche besondere Bedeutung das Trikot hatte.

»Die Sache macht uns Maskottchen ganz schön zu schaffen«, seufzte Pelé nun mit hängenden Schultern.

Robin verstand nicht ganz, was am Verlust dieses einen Kleidungsstücks so dramatisch war. Doch Ben wusste: Wenn zu viele der alten Dinge verschwanden, würde den Maskottchen die Energie fehlen, um ihre für Menschen sichtbare Gestalt anzunehmen. Alles, was von ihnen bliebe, wäre ihr Abbild auf den Glasgemälden im altehrwürdigen Schlossflur.

2

Zwei Agenten und ein Spielverderber

Wenig später waren Ben, Mika und Robin auf dem Weg zum Speisesaal. Während sie durch die Gänge des Internats stapften, bestaunte Ben einmal mehr die riesigen

Glasmosaiken. Durch die Buntglassteine schimmerte vielfarbiges Licht in den Korridor. Ben fragte sich, ob es in der geheimnisvollen Maskottchenwelt wirklich so aussah wie auf diesen Bildern.

Da schnipste Mika mit den Fingern direkt vor Bens Augen. Schlagartig holte sie ihn zurück in die Gegenwart. »Seid ihr zwei bereit für die Mission Trikotsuche?«, fragte sie.

Robin biss sich auf die Lippen. »Ähm ... also ich dachte, wir frühstücken jetzt und bereiten uns auf diese Naturausflugskatastrophe vor.«

Mika beachtete ihn nicht. »Gestern beim Tischtennisspielen habe ich Ida, Paula und Sophie befragt Die haben nur mit den Schultern gezuckt. Sie wussten nicht mal, dass hier alter Kram aus der Anfangszeit des Internats lagert.«

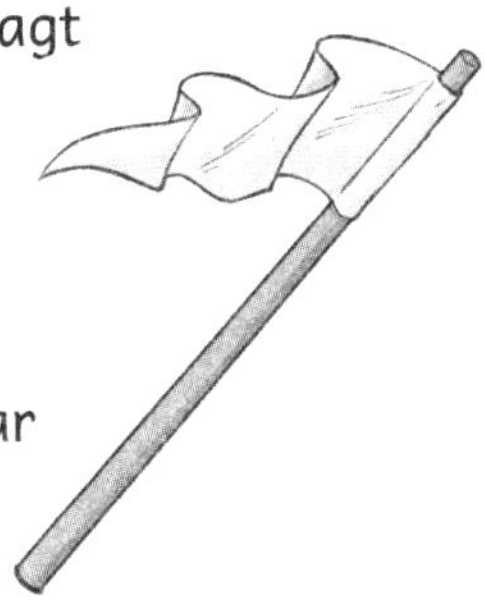

»Ich werde auch etwas rumfragen«, war Ben entschlossen. Er nahm eine verwegene Agentenpose ein: »Agent Ben meldet sich zum Dienst ...«

»Topeinstellung, Topagent Ben!«, lobte Mika und drehte sie sich zu dessen Zimmernachbarn. »Was ist mit Agent Robin?«

»Als Agenten-*Duo* seid ihr doch perfekt«, wiegelte der ab.

Mika guckte ihn verdutzt an. »Hey, du bist doch Teil unseres *Trios* …«

»Genau«, nickte Ben energisch. »Alle guten Dinge sind drei.«

Robin machte derweil eine abwehrende Geste. »Sorry, hab mit Schule und Fußball schon genug um die Ohren. Ich kann nicht auch noch Sherlock Holmes spielen. Und sowieso … mal ganz logisch gedacht: Angenommen, ihr befragt zufällig die richtige Person – also den Dieb oder die Diebin. Dann werdet ihr wohl kaum als Antwort hören: *Wie gut, dass ihr das Thema angesprochen habt –*

ja, ich war's, tut mir leid. Ich bring euch gleich das Trikot zurück und geb euch ein paar Gummibärchen obendrauf.«

Mika holte tief Luft – offenbar kostete es sie Kraft, Robin gegenüber ruhig zu bleiben: »Es ist einfach wichtig, dass alle im Team Bescheid wissen und die Augen offen halten. Wer auch immer dahintersteckt, darf sich seiner Sache nicht *zu* sicher sein.«

»Genau! Das sind wir auch den Maskottchen schuldig«, sagte Ben mit leicht zitternder Unterlippe. »Die haben uns schon oft genug geholfen. Abgesehen davon würde der gute Wolpertinger das auch wollen.«

Mika ließ die Schultern sinken. »So ein Jammer, dass er gerade jetzt nicht hier sein kann.«

»Hoffentlich erholt er sich schnell«, nickte Ben, und auch Robin stimmte leise zu.

Der beliebte Internatsleiter hatte kurzfristig einen Kuraufenthalt antreten müssen. Sein Herz war nicht nur groß, sondern auch sehr schonungsbedürftig. Er hatte eine Weile über Müdigkeit und Atemnot geklagt, bis sein Hausarzt die Diagnose Herzschwäche gestellt hatte. Es hatte sich erstaunlich schnell ein Platz in einer Kurklinik gefunden, und seitdem war der Internatsleiter nicht mehr zu erreichen.

»Also mich verwirren diese magischen Dinger irgendwie«, erklärte

Robin. »Tauchen aus dem Nichts auf und bringen alles durcheinander.«

Ben blinzelte seinen Zimmernachbarn verwundert an. »Ich darf dich daran erinnern, dass diese ›Dinger‹ uns schon ein paarmal geholfen haben – auch dir.« Dabei dachte er an Pelés Blitz-Aufräumaktion am ersten Morgen im Internat – ohne die magische Unterstützung wären Ben und Robin wohl sofort rausgeworfen worden.

»Ich meine nur, wir brauchen Zeit für unsere Fußballkarrieren, und die Maskottchen sind ... vielleicht ... wie soll ich sagen ...«

Mika verengte die Augen. »Du meinst ›Zeitverschwendung‹?«, fragte sie schockiert.

»So meine ich es nicht«, lavierte Robin herum. Er merkte, dass Ben und Mika ihn ziemlich ratlos anstarrten – prompt begann er ein wenig zu stammeln. »Na ja ... sie sind vielleicht *echter* als Kuscheltiere ... aber halt nicht so aus Fleisch und Blut wie ... na ja, wie wir Menschen eben.«

Ben zog nachdenklich die Augenbrauen hoch. »Also, ich seh da keinen großen Unterschied.«

»Für mich sind Pelé und Rapida auch genauso real«, pflichtete Mika ihm bei.

Robin ließ sich nicht beirren. »Außerdem ist das Internat mal pleitegegangen – trotz der magischen Wesen, die angeblich so mächtig sind und für alles Gute stehen.«

Mika stieß ein ärgerliches Schnauben aus, ihre Geduld mit Robin schien erschöpft. »Ich vermute mal, damals ist alles den Bach runtergegangen, weil keiner mehr an die Maskottchen geglaubt hat.«

In der Sekunde kamen sie an einem besonders beeindruckenden Glasgemälde vorbei. Darauf waren Pelé, Rapida, ein Gürteltier, ein Einhorn und noch weitere Maskottchen abgebildet. Für einen Moment sah es so aus, als streckten ihnen die gläserne Tigerin und der Waschbär die Zunge heraus.

»Dinger!«, war eine empörte Rapida zu hören.

»Da ist nur jemand neidisch, weil er noch kein eigenes Maskottchen hat«, ertönte nun Pelés Stimme.

»Der Junge braucht etwas mehr Geduld und Vertrauen«, brummte die Tigerin.

Robins Gesicht wurde weiß wie Mozzarella. »Ben ... Mika ... habt ihr das auch gehört?«, stotterte er.

Die beiden guckten einander triumphierend an. Dann zwinkerte Ben Robin zu. »Eigentlich unmöglich, dass die *Dinger* sprechen können. Bestehen ja nur aus Glasteinchen.«

»*So richtig echt sind sie ja nicht*, stimmt's?«, zog Mika Robin auf.

Der war sichtlich froh, dass sie nun den Speisesaal erreichten. Vom üppigen Frühstücksbüfett waberten ihnen Duftwolken entgegen. Beste Gelegenheit für einen Themenwechsel.

3

Mission Trikotsuche

»Frisch gepresster Orangensaft!«, schwärmte Robin.

»Frisch gebackene Croissants«, stimmte Ben verzückt mit ein.

Auch Mikas Augen leuchteten wie Weihnachtskerzen. »Mhmmm ... frische Himbeermarmelade von Frau Abelone.«

Während Ben und Mika am Büfett ihre Teller vollluden, begannen sie mit den Nachforschungen. Bald hatten sie Einar, Giulia, Tomasz, Adam, Hakan, Kostja, Marcel, Lara und Yoshi befragt – der Ermittlungserfolg blieb jedoch bescheiden. Ihre Mitspielerinnen und Mitspieler zuckten teilweise nur mit den Schultern, lachten verwundert oder gaben wenig hilfreiche Antworten wie:

»Vielleicht ist das Trikot in irgendeiner Waschmaschine?«

»Meint ihr, es gibt hier Geister?«

»Keine Ahnung … aber hast du zufällig 'nen kleinen silbernen Ohrring gesehen?«

Benno saß mit Hannes in ihrer ›Lästerecke‹ und hatte dabei wie immer seine Augen und Ohren überall. »Hey, Ben … Mika!«, krakeelte er schließlich los. »Habt ihr nix Besseres zu tun, als Polizei zu spielen?«

»Wer sagt überhaupt, dass einer aus unserer Mannschaft das Trikot genommen hat?«, klinkte sich Hannes mit verschränkten Armen ein. »Es gibt ja auch einige Erwachsene, die hier arbeiten. Und dann sind da noch die älteren Jugendmannschaften.«

Auch ihr Torwart Einar schaltete sich ein. »Soweit ich weiß, hat die Polizei die Sache abgehakt. Und die werden sich ja wohl auskennen.«

»Sagst du bloß, weil deine Eltern bei der Polizei sind«, feixte Yoshi.

Benno atmete tief ein und holte zu einem Vortrag aus: »Wisst ihr, was das Problem hier in Tannwald ist?«

»Oh nein, bitte nicht!«, stöhnte seine Schwester Ida, doch Benno sprach unbeeindruckt weiter.

»Den meisten fehlt die Profi-Einstellung … der Fokus. Kein Wunder, denn niemand erklärt einem hier, was Leistungssport ist – mit Betonung auf *Leistung*. Erfolgshunger, Kampfgeist, Wettbewerb, Karrierewille!«

Er blickte zu Ben und Mika.« Für manche scheinen das Fremdwörter zu sein. Und euer verehrter Wolpertinger hat auch keinen blassen Schimmer von echtem internationalem Profifußball – genauso wenig wie Taylor.«

Während Hannes »Benno hat recht« murmelte und Einar schwach nickte, meinte Ben nur: »Ich würde dann jetzt gern frühstücken, wenn du's erlaubst, Benno. Wäre ganz gut für meinen … sorry … ›Erfolgshunger.‹«

Mika verdrehte die Augen. »Von mir vielen Dank für den Vortrag, Herr Stackenberg. Ihre Aussagen waren wirklich sehr erhellend …« Sie machte eine Spannungspause und fügte dann sarkastisch hinzu: »... für jemanden, der sich nicht mal die Schnürsenkel binden kann.«

Ida bekam einen Lachanfall und erntete besonders eisige Blicke von ihrem Bruder.

»Ja, ja, genießt ihr nur euer Frühstück«, höhnte Benno. »Wenn Jungblut hier etwas zu sagen hätte, wärt ihr die Ersten, die rausfliegen – vor allem du, Ben. Bin übrigens mal gespannt, wer von euch den Trainer morgen noch anhimmelt. Dann wachen wir nämlich mit Mückenstichen und Augenringen auf und gehen gegen die Forstenberger komplett baden. So 'ne megabescheuerte Idee, dieses Pseudotrainingslager!« Dann brummte er etwas, was nur wenige hörten: »Es dürfte sich bald etwas ändern hier im Internat ...«

»Anders als mein Bruder glaube ich kaum, dass wir wegen ein paar Mücken das Spiel morgen verlieren«, sagte Ida.

»Wir müssen einfach zusammenhalten«, fügte Mika hinzu.

»Ja, lasst uns aufhören, uns gegenseitig fertigzumachen«, schaltete sich Robin überraschend ein.

Als Ben kurz darauf den Frühstückssaal verließ, war er innerlich aufgewühlt. Er ärgerte sich darüber, dass er sich *überhaupt* ärgerte. Benno wollte mal wieder nur eines: Unfrieden stiften. Er hatte Bennos Gemurmel gut verstanden. Und dummerweise ahnte Ben, dass dessen Drohungen nicht ganz aus der Luft gegriffen waren. Benno hatte irgendetwas vor oder wusste irgendetwas. Er war nicht der Typ, der nur Behauptungen aufstellte.

Robin machte ebenfalls ein Gesicht wie sieben Tage Regenwetter – allerdings aus ganz anderen Gründen. »Schlimm genug, dass es am See Füchse gibt, aber warum auch noch Mücken? Was denn *noch* alles? Wölfe ... Gorillas ... Killerwale?«

»Ne, ne ... keine Sorge. Wir kampieren ja nicht in einem Zoo mit Aquapark«, versuchte Ben ihn zu trösten.

Mika klopfte Robin auf die Schulter. »Ben, ich und du, wir drei sind stark wie tausend Mücken. Mit den Blutsaugern nehmen wir's locker auf.«

Doch Robin steigerte sich nur noch mehr in die Panik. »Am See gibt's *tausend* Mücken?! Das ist eine Eins mit drei Nullen! Das ist ja 'ne Monsterhorde!«

»Aber wir haben Mückenspray ...«, stellte Ben das Positive heraus.

»... und die Mücken haben kein Menschenspray«, scherzte Mika.

»Themenwechsel«, flehte Robin und war froh, dass kurz darauf das Packen fürs Trainingslager alle anderen Themen überlagerte.

Nach der Packaktion ging Ben noch einmal zum Fenster und jonglierte mit seinem Stofffußball. Von Pelé war nichts zu sehen außer der leeren Chipstüte auf der Fensterbank. So langsam wurde Ben unruhig. Er konnte nicht genau erklären, warum ... Aber er hatte eine Vorahnung, die bei ihm Magengrummeln auslöste. Das Trainingslager stand unter keinem guten Stern. Der einzige Lichtblick waren die Maskottchen. Ben hoffte und wünschte, die Wesen würden magischen Einfluss nehmen und alles zum Guten wenden.

4

Taylors Plan

Keine halbe Stunde später war es so weit. Ben, Mika und Robin schleppten die Taschen auf den Parkplatz vor dem Schloss. Dabei ächzten sie in der Sonne, die unerbittlich vom wolkenlosen Himmel herabbrannte. Das Thermometer zeigte 33 Grad. Die meisten Mitspieler und Mitspielerinnen hatten es besonders eilig damit, im klimatisierten Bus zu verschwinden. Während Mika noch mal ins Schloss zurückeilte, um ihre Trinkflasche aufzufüllen, war Robin vor Ben ins Businnere geflitzt. Er wollte für seine beiden Freunde einen Platz in der Sitzreihe ganz hinten freihalten.

Ben schob gerade seine Tasche ins Gepäckfach, da bot sich ihm auf einmal ein vertrauter Anblick. Flimmernd erschien die Gestalt des Waschbären vor ihm. Pelé fläzte sich genüsslich auf Bens Tasche und klopfte sie schließlich mit seinen Pfoten ab. An einigen Stellen ertönte das

Knistern von Snacktüten. Das Maskottchen grinste über das ganze Gesicht. »Muuusiiik in meinen Waschbärohren!«, flötete er begeistert.

Ben schüttelte grinsend den Kopf. »Tu dir selbst einen Gefallen und teil dir die Snacks gut ein.«

»Genau! Nicht alles auf einmal futtern«, tönte eine lachende Stimme von hinten – es war natürlich Mika. Schon flog ihre Tasche ebenfalls in das Gepäckfach.

Ben ließ seinen Blick über den Parkplatz schweifen. »Rapida fährt doch auch mit, oder?«

»Sie *fährt* nicht«, stellte Mika mit einem schelmischen Grinsen klar. »Sie *läuft* oder genau genommen: Sie *rennt!*«

»Sie will sich ein Wettrennen mit dem Bus liefern«, erzählte Pelé. »Vier Tigerbeine gegen vier Busreifen!«

Bens Augenbrauen schnellten nach oben. »Das sind doch bestimmt 30 Kilometer bis zum Zeltplatz? Wie soll Rapida da mithalten können?«

»Genau genommen sind es sogar 38,5 Kilometer«, kicherte Mika.

»Keine Sorge«, beruhigte Pelé Ben. »Ihre Muskeln

werden nach 30 Kilometern gerade erst ein bisschen warm.« Er drehte seinen Kopf in Richtung der Hecken im Schlosspark. »Guck mal da rüber.« Rapida machte im Schatten der Hecken tatsächlich ein paar Dehnübungen, ließ ihre Gelenke knacken und winkte Ben und Mika zu. Dabei ließ sie ihr weißes Gebiss in der Sonne aufblinken.

»Und was ist mit dir, Pelé?«, hakte Ben nach. »Keine Lust auf ein Rennen?«

Das pelzige Maskottchen schüttelte empört den Kopf. »Pah! Wozu habt ihr Zweibeiner schließlich diese Reifendinger erfunden. Und überhaupt ... Hat einer von euch schon mal versucht, beim Rennen Erdnussflips zu mampfen?«

Plötzlich tönte aus dem Inneren des Busses ein schrilles Pfeifen. Ben und die anderen hielten sich die Ohren zu.

»Tja, Taylor und die Technik«, grinste Mika schief.

»Soooooorryyyyy«, hörten sie die Stimme ihres Trainers. Die Rückkopplung des Busmikrofons wurde immer ohrenbetäubender, bis sie endlich aufhörte.

Ben und Mika stiegen hastig ein. Sie staunten nicht schlecht, als sie an der Bustür von Hannes beinahe umgerempelt wurden.

»Muss noch mal raus ... hab was in der Tasche vergessen«, nuschelte er.

Kurz darauf standen Ben und Mika im schmalen Gang und hielten Ausschau nach Robin. Der saß ganz hinten auf einem Fensterplatz der Fünferreihe. Er machte eine entschuldigende Geste. »Hab alles versucht, euch einen Platz frei zu halten, aber na ja ...« Er deutete zu seinen Sitznachbarn. Offenbar hatten Benno, Hannes und Einar die anderen Plätze in der hintersten Sitzreihe gekapert.

»Halte durch!«, murmelte Ben Robin zu.

»Notfalls Ohren zuhalten – ist manchmal gut für die seelische Gesundheit«, meinte Mika unter den bitterbösen Blicken von Benno.

Kurz darauf lehnte sich Ben mit einem genussvollen »Puuuh« auf seinem Sitz zurück. Neben ihm machte sich Mika einige Notizen in einen Block. »Vielleicht schreibe ich einen Reisebericht für die Schülerzeitung«, erklärte sie.

Vorn links von ihnen saß Taylor. Der hatte inzwischen die Technik im Griff. Er rief *»Check, check!«* ins Mikrofon und war zufrieden, dass diesmal alles zu funktionieren schien. Plötzlich zuckte er zusammen – er bekam einen Handyanruf. Sein Gesicht verfinsterte sich, während er das Gerät an sein Ohr hielt. »Okay, okay«, sprach er gedämpft hinein. »Muss ein *misunderstanding* sein. Ich kümmere mich später darum ... oder morgen ... oder bald jedenfalls ... ich bin gerade *on the way.*«

Während der Trainer sein Handy wegpackte, kam Hannes wieder an Bord. Die Busfahrerin verschwand kurz, donnerte das Gepäckfach zu, und keine dreißig Sekunden später ließ sie den mächtigen Motor aufheulen. Während der Bus anschließend den bewaldeten Berg hinunterrollte, stellte sich Taylor in den Gang und begann seine Ansprache:

»*Welcome on board!* Einige von euch fragen sich bestimmt: Warum zum Teufel machen wir eine *expedition?* Und dann noch so kurz vor einem Pokalspiel?«

»Wahnsinn! Er kann Gedanken lesen«, dröhnte es von der Rückbank – es war natürlich Bennos Kommentar.

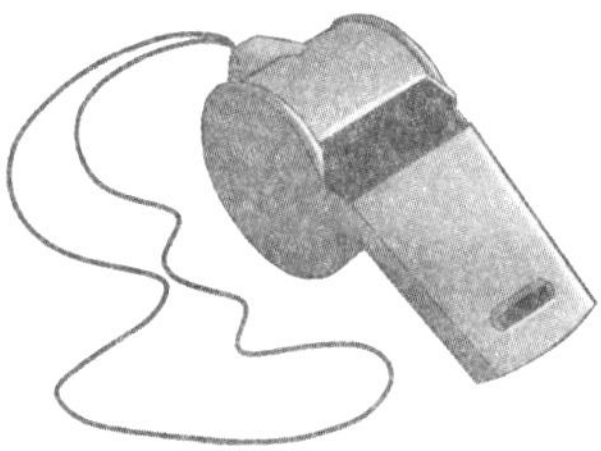

»Doch erst einmal eine andere *question:* Was fehlt im Internat?«, fragte Taylor überraschend.

Grübellaute erfüllten den Bus. Nach ein paar Sekunden wurden dem Trainer die ersten Antworten entgegengeschleudert:

»Ähm ... eigentlich fehlt nix«, machte Sophie den Anfang.

»Mir fehlen meine Eltern – und mein Hamster Pistazie«, entfuhr es Tomasz mit leicht traurigem Unterton.

»Wir brauchen mehr Spielekonsolen«, überlegte Yoshi laut, er war als Scherzbold des Teams bekannt.

»Und neue Controller«, schaltete sich Paula ein. »Benno hat gestern einen geschrottet ...«

»... weil er gegen mich verloren hat«, meinte Ida zufrieden. »Er hätte fast noch die Couch umgeschmissen.«

»Was uns fehlt, ist mehr Leistung, Ehrgeiz, Disziplin«, forderte Benno lautstark, um die Lacher zu übertönen, die seine Schwester geerntet hatte. »Wir könnten auch täglich eine Stunde länger trainieren. Würde einigen nicht schaden ...«

Taylor hatte anderes im Sinn: »Ihr alle leistet genug. Wir brauchen aber auch mal Abenteuer ... Zufall ... Überraschung ... Spontaneität. Das sind die *basics*, damit richtig geniale *magic* entsteht.«

»*Magic?!*«, wiederholte Hannes ungläubig.

»Aber so ein paar feste Abläufe sind doch gut«, meinte Einar und kratzte sich am Kinn. »Ich jedenfalls kann mich am besten auf ein Spiel einstellen, wenn ich bestimmte Rituale einhalte.«

»Einar hat recht!«, wandte sich Benno an die Mannschaft. »Jetzt mal ehrlich ... Wer von euch hat denn ernsthaft Bock auf Chaos?«

»Wir spielen ja Fußball, weil es ein Regelsport ist«, erklärte Hannes überzeugt. »Sonst könnte jeder machen, was er will.«

Mika drehte sich fassungslos zu den dreien um. »Wir spielen Fußball, weil es megaviel Spaß macht.«

»Ganz genau!«, rief Ben. »Ihr da hinten redet wie fünfzigjährige Spießer.«

»Vorsicht, Vorsicht! Nix gegen Fünfzigjährige«, klinkte sich die Busfahrerin ein, womit sie für großes Gelächter sorgte. Auch Taylor brauchte ein paar Sekunden, bis er wieder ernst wurde:

»Benno, Hannes, Einar ... die gemütliche Ordnung habt ihr in zwei Tagen zurück. Und bis dahin habt ein bisschen Vertrauen. Die Zeit in der *wilderness* wird uns guttun. Wir werden als *group* zusammenwachsen, neue Freundschaften knüpfen und vor allem neue *ideas* be-kommen. Die kriegen wir nicht, wenn wir alles so machen wie immer.«

»Amen«, murrte Benno leise.

Ben atmete ein paarmal tief durch und versuchte sich zu entspannen. Er starrte aus dem Busfenster in die Landschaft, hielt ganz nebenbei Ausschau nach Rapida und ließ seine Gedanken wandern.

Nach einigen Minuten im Stau donnerte der Bus über eine gewaltige Hochtalbrücke. Der plötzliche Seitenwind ließ das Fahrzeug etwas schwanken. Da erinnerte sich Ben:

Vor einigen Monaten hatte er auf derselben Brücke noch auf der Rückbank im Familienauto gesessen – damals war er auf dem Weg zur Auswahlwoche in Tannwald gewesen. Er wäre vor Aufregung fast gestorben. Neben ihm hatte sich seine siebenjährige Schwester Elli mit ihrem Aufblaseinhorn und einem riesenhaften Kuscheltierkaninchen breitgemacht. Elli hatte es damals mit ihren aberwitzigen Gedankengängen und Fantasiegeschichten geschafft, ihn zu beruhigen.

Ganz plötzlich überkam Ben Heimweh. Obwohl er im Internat mittlerweile gute Freunde gefunden hatte, vermisste er doch tief im Inneren seine Eltern und vor allem Elli, die er jetzt nur noch alle paar Wochen sah. Während seine Gedanken so umherschweiften, wäre er fast eingeschlafen.

Da wurde er mit einem Mal regelrecht wach geschüttelt. Der Bus war mittlerweile von der Autobahn auf eine Landstraße abgebogen und dann schließlich über eine Schotterpiste irgendwo in ein bewaldetes Nirgendwo geholpert. Äste klatschten laut gegen die Scheiben.

»Wo sind wir denn hier gelandet?«, hörte Ben Robin ausrufen.

»Sagt *Hello* zum Blauwald!«, antwortete Taylor mit feierlich ausgebreiteten Armen.

»Also, ich würde lieber *Goodbye* sagen«, ätzte Benno.

Mika sprang von ihrem Sitz auf. »Sind alle bereit für einen Sprung in den See?«, übertönte sie Benno und erntete ein Dutzend »Yeah! «, »Aber so was von! «, »Wasser, wir kommen!«.

Schwimmen im See war bei den Temperaturen auch für Ben eine willkommene Aussicht. Sein Heimweh war für den Moment wie weggeblasen.

5

Waldluft für Rot-Weiß Tannwald

Als Ben ausstieg, umströmte ihn erdig-würzige Waldluft. Es war schwül. Er wollte sich gerade den Schweiß aus der Stirn streichen, da dotzte eine Brombeere gegen seinen Kopf – und dann gleich noch eine. Verwundert guckte sich Ben um. Schließlich entdeckte er auf einem Ast den frechen Beerenwerfer: Pelé.

Während der Rest der U12-Mannschaft damit beschäftigt war, Taschen und Zeltausrüstung aus dem Bus zu holen, schlich sich Ben unauffällig ins Unterholz zu Pelé.

»Ich präsentiere die Siegerin des Wettrennens ›Maskottchen gegen Reisebus‹«, begrüßte der Waschbär Ben und zeigte auf einen Tümpel. Jetzt erst bemerkte er Rapida. Sie kühlte ihren Raubtierkopf im Wasser.

»Respekt!«, rief Ben aus und nickte Rapida anerkennend zu.

Die Tigerdame winkte bescheiden mit der Tatze ab. »Ach, der kleine Stau auf der Autobahn hat mir geholfen.«

»Alles klar bei dir, Ben?«, tönte es plötzlich hinter ihm. Ben drehte sich verdattert um. Da stand Ida, die ihn mit großen Kulleraugen anblickte. »Sprichst du neuerdings mit Bäumen?«

Ben war völlig überrumpelt. »Ich ... ähm ... übe so eine Art tierische Lautsprache ... damit kann man Eichhörnchen anlocken ... manchmal auch Salamander.« Etwas Dümmeres war ihm nicht eingefallen. Sein Kopf wurde hochrot.

»Ach was«, antwortete Ida und zog eine Augenbraue hoch. Sie deutete zum Bus – das Gepäckfach war inzwischen fast vollständig leer.

Mit einem »Oje!« wetzte er los, fischte seine Reisetasche und eine grüne Zelttasche mit Sponsorenaufdruck heraus. Dann huschte er zur Mannschaft, die sich um Taylor versammelt hatte.

»Wo ist denn jetzt der Zeltplatz?«, wandte sich Robin gerade verwirrt an den Trainer.

Einars Pupillen wanderten unterdessen verdutzt hin und her. »Und von einem See ist auch nix zu sehen.«

»Oh, *sorry*. Hatte ich das nicht erwähnt?«, meinte Taylor leicht zerknirscht. »Wir machen einen kleinen Fußmarsch. Mit dem Bus kommen wir nicht zur Lichtung, auf der wir die Zelte aufbauen werden, und auch nicht zum *lake* ... ähm ... See.«

»Ähm ... was heißt denn bitte ›kleiner‹ Fußmarsch?«, wollte Hannes wissen.

»Vielleicht *one mile*«, meinte Taylor mit einer wegwischenden Handbewegung.

»Eine Meile?«, übersetzte Robin und fragte hoffnungsvoll. »Das ist doch viel weniger als ein Kilometer, oder?«

»Tut mir leid, Robin, das ist eher ein bisschen mehr«, brachte Mika ihm mit Mitleidsblick bei. »1,6 Kilometer ungefähr.«

»Wie ich gesagt habe: Wir sagen *Goodbye* zur Bequemlichkeit«, erklärte Taylor in einem heiteren Singsang. Schon marschierte er los, wobei er ein melodisches »*Goodbye, goodbye*« trällerte.

Benno schnappte nach Luft. »Der hat wirklich nicht mehr alle Murmeln im Glas.«

Ben legte die Arme um Robin und Mika. Die Waldluft und das Wiedersehen mit den Maskottchen hatten sein Energielevel wundersamerweise ansteigen lassen. »Also, ich würde sagen: Das Abenteuer beginnt!«

Mika machte einen Hüpfer vor Freude, während Robin in Richtung Waldboden grummelte: »Genau so beginnen Filme, in denen Leute dann nach und nach im Wald verschwinden – spurlos ... für immer und ewig.«

»Papperlapapp«, widersprach Mika. »Das hier wird ein Fußballfilm mit einem mega Happy End.«

»Hey, *folks!*«, rief Taylor von vorn. »Könnt ihr den Waldboden *feelen* unter euren *feet?* Die Wurzeln ... Pilze ... *insects* ... Bakterien ...« Er schwärmte ausgiebig vom Ökosystem Wald, in dem alles zusammenarbeitete und keine Energie verloren ging. »Ist das nicht das perfekte Team? Würde der Wald Fußball spielen, wäre er ein *absolutely* unschlagbarer *club.*«

Während Ben, Mika, Ida, Paula und Sophie interessiert Taylors Gedankenstrom folgten, wünschten sich Robin, Einar, Hannes und Benno sichtlich lieber auf einen fernen Planeten.

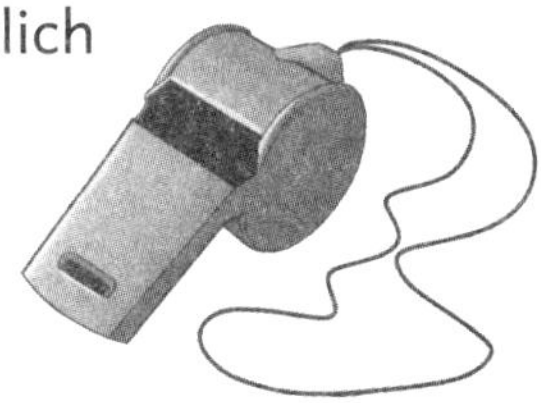

»Durst, *anyone?*«, rief Taylor plötzlich aus und zeigte auf einen Bach, der

zwischen Adlerfarnen hindurchplätscherte. »Der Förster hat mir versichert, dass das Wasser *drinkable* ist.« Ben füllte im Nu seine Trinkflasche auf.

Robin starrte ihn dabei an, als wäre er ein rosafarbenes Einhorn. »Uah! In die Bachbrühe haben bestimmt tausend Fische und Frösche reingepinkelt!«

»Vor allem *Waldhaie* pinkeln da rein«, meinte Mika mit einem Pokerface. »Die sind voller Grünzeug und perfekt getarnt. Die haben voll die fiesen Beißerchen und schnappen damit besonders gern nach Fußballerwaden wie deinen. Hatte ich erwähnt, dass sie auch an Land kriechen können so wie Aale?«

Robin wich schlagartig vom Ufer zurück, stolperte dabei und fiel unsanft auf den Hintern. »Boah, hier ist man ja nirgends sicher!«, empörte er sich.

»Kopf hoch, Robin«, sagte Ida lächelnd, die ihm sofort aufhalf. »Heute Abend wirst du so gut schlafen wie ein Baby.«

»Und morgen spielst du wie ein junger *god*«, meinte Taylor und klopfte ihm auf die Schulter.

»Oder wie ein totales Wrack«, murmelte Robin kaum hörbar.

Nach einem schweißtreibenden Marsch, der sie durch Brombeerranken und über die eine oder andere umgestürzte Buche führte, leuchteten plötzlich Bens Augen auf. »Ist das dahinten der See – oder eine Fata Morgana?« Er deutete in die Ferne. Dort glitzerte zwischen den Bäumen eine silbrig-blaugrüne Fläche auf.

»Wooooow!« Mika klatschte in die Hände.

»Na, findet doch heraus, ob der See *real* ist«, feixte Taylor und rieb sich freudig den Bart.

6

Ein Team geht baden

Keine zwei Minuten später planschte das halbe Team im kühlen, leicht algigen Nass.

Während Ben und einige andere Wasserball spielten, fremdelte Robin noch mit dem Blauwaldsee und wedelte sich einige Mücken aus dem Gesicht. Ben und Mika konnten ihn immerhin dazu überreden, einen Fuß ins schlammige Ufer zu setzen. Während Mika ihn noch ein, zwei Meter weiter ins Wasser zu lotsen versuchte, machte Ben eine Entdeckung.

Von Benno und Hannes fehlte plötzlich jede Spur. Ben verengte die Augen zu schmalen Schlitzen und blickte sich aufmerksam um. Zwischen einigen Weiden am Ufer bemerkte er schließlich verdächtige Umrisse. Ihm war sofort klar, zu welchen Mitspielern die gehörten. Er ahnte sofort, dass Benno und Hannes etwas ausheckten. So unauffällig wie möglich schwamm er in ihre Richtung,

verschanzte sich hinter einem Schilfgürtel und spitzte seine Ohren:

»Hey Hannes! Bring mir mal ein paar Büschel von dem Algenzeug«, hörte er Benno sagen. »Und dann holst du heimlich mein Handy aus der Tasche. Ist ja in deiner drin ... weißt du doch, oder?«

»Was ist, wenn mich Taylor mit deinem Handy erwischt?«, fragte Hannes besorgt. »Wir sollten ja keines mitnehmen.«

»Pah! Was soll der Schwachmat schon machen?«, erwiderte Benno. »Der ist doch viel zu weichgespült. Und jetzt genug gequatscht! Und vergiss nicht, die Handykamera schön auf Robin zu halten. Das wird ein mega Bild, wenn der ›Waldhai‹ direkt vor ihm auftaucht ... hehe.«

Ben brauchte nicht viel Fantasie, um zu erahnen, was Benno im Schild führte. Er hörte schon kurz darauf ein leises Platschen und schwamm hastig zurück zu Mika, Robin und den anderen. Mit dem Blick folgte er dem verräterischen Wellenspiel, das vom Ufer kam. Schon konnte er Bennos Umrisse unter der Wasseroberfläche erkennen. Ben wartete bis zum letzten Moment, dann stellte er sich genau vor Robin, der sich inzwischen tatsächlich bis zum Unterschenkel in den See hineingewagt hatte. Ben

stocherte mit dem Fuß durchs Wasser – und im Nu brachte er das falsche Seemonster zum Auftauchen.

»Ey, du bist mir auf die Hand getreten, du Vollpfosten«, schrie Benno Ben an. »Mit voller Absicht!«

»Waldhaie leben halt gefährlich!«, meinte Ben achselzuckend.

Hannes stand ratlos mit dem Handy am Ufer herum, bis Ida es ihm abnahm und damit lachend Fotos von ihrem Bruder mit dem Algenhaar machte. »Grün steht dir gut!«, rief sie in Richtung See.

Benno lief vor Zorn tomatenrot an. Er baute sich drohend vor Ben auf. »Du willst mich wohl zur Lachnummer machen? Na, dann pass mal auf, wer zuletzt lacht!«

Ruckartig holte er mit den Armen aus und versuchte Ben kräftig ins Wasser zu schubsen. Der aber tauchte in allerletzter Sekunde ab. Benno war so überrascht, dass er das Gleichgewicht verlor und ziemlich unelegant ins Wasser platschte.

Als Benno kurz darauf wieder auftauchte, warf Robin ihm ein Büschel Algen ins Gesicht. »Hier, dein Abendessen!«

Benno stapfte wutentbrannt zurück an Land. Er riss Ida das Handy aus der Hand.

»Wie war das mit dem Handyverbot beim Ausflug?«, fragte die.

»*Ich* habe es ja nicht dabei, sondern Hannes«, versuchte sich Benno aus der Affäre zu ziehen.

»Aber es ist doch deines«, ließ sich Ida nicht täuschen. »Sind ja deine Aufkleber drauf.«

»Tja, aber *Hannes* hat es einfach so eingepackt«, behauptete Benno.

Taylor hatte den beiden zugehört und nestelte verwirrt an seinem Shirt herum. »Also, wem gehört es denn jetzt?«

In Hannes' Gesicht arbeitete es. Er schien etwas sagen zu wollen, verkniff es sich aber schließlich. Taylor rügte Benno *und* Hannes und nahm das Handy in Verwahrung.

Anschließend verkündete er die *next steps:* umziehen, Zelte aufbauen, kurz ausruhen, etwas Kleines essen und anschließend Training.

7

Die Zeltplatz-Kicker

Programmpunkt Nummer 2 überforderte Ben und Robin komplett. Sie warfen sich gegenseitig die Zelttasche zu, die wie ein riesiges grünes Bonbon geformt war.

»Bau du es auf ...«

»Nein, du ...«

»Keine Ahnung, wie das Ding aufgeht. Ist so komisch verschnürt.«

»Mach *du* zumindest den Anfang.«

»Aber *wie* denn, bitte?!«

»Na toll, dann haben wir eben kein Zelt.«

»Das wird eine Katastrophennacht«, schwante es Robin kopfschüttelnd.

Mika hatte die beiden beobachtet und verfiel in ihr typisches Gelächter. »Ihr seid wirklich zum Piepen«, brachte sie schließlich heraus.

Ben deutete auf die Transporttasche des Zeltes. »Da

ist keine Anleitung drin, und Zeltstangen fehlen auch.«

»Kleiner Tipp«, entgegnete Mika schmunzelnd. »Guckt euch die Hülle an. Da sind Zeichnungen drauf.«

»Kannst du's nicht einfach für uns aufbauen?«, flehte Robin. Ben stimmte in den Zweimannchor ein: »Bitte! Biiiiitte!«

»Und noch ein Tipp«, begann Mika genüsslich. »Es heißt *Wurfzelt*. Es ist erstaunlicherweise ein Zelt zum Werfen.« In Windeseile löste sie die Schnüre an der Seite und vollführte einen gekonnten Wurf.

Robins Freude über das wie von Zauberhand erschienene Zelt hielt nicht lang. »Ist es auch wirklich dicht? Ich traue diesen *GreenerGreen*-Leuten irgendwie nicht. Die Algenriegel schmecken schon so … na ja …«

Bens Blick schweifte zum Himmel. Über ihnen war er strahlend blau, doch in der Ferne formten graublaue Wolken eine regelrechte Wand. Auch die Vögel im Wald schienen von Minute zu Minute unruhiger zu werden.

»Na, war das ein Sahnepass oder ein Sahnepass?«, feixte Yoshi, der mit Ida angerannt kam. Sie kickten sich begeistert einen Ball zu.

»Ein *Zucker*pass«, lobte Ida. »Was ist mit euch?«, wandte sie sich an Ben, Mika und Robin.

»Was für 'ne Frage!«, strahlte Ben. Schon rollte der Ball zwischen den Zelten hin und her. Plötzlich gesellte sich Taylor dazu.

»Top spirit«, lobte er. »Und genau den Sportsgeist brauchen wir auf dem großen Platz. Wir wollen lernen, *perfect* Pässe zu spielen!«

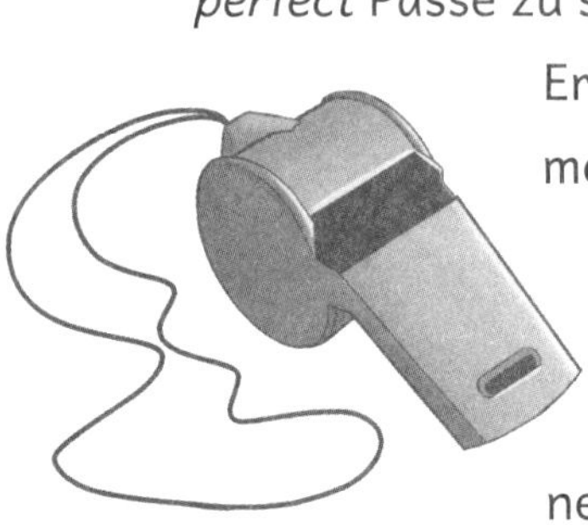

Er blies in seine Trillerpfeife und trommelte das Team zusammen. Nach einer kurzen Snackpause – Äpfel, Bananen, Mandarinen und Trauben wurden verteilt – überraschte er sie mit einer Ansage:

»Ready für den Waldlauf?«

Ohne eine Antwort abzuwarten, verteilte er mehrere kleine Ballnetze an das Team.

8

Ein ungewöhnliches Training

Während des 15-minütigen Trainingslaufs durch den Wald mussten Ben und Mika mehrfach schmunzeln. Zwei heimliche Gäste ließen es sich nicht nehmen, mitzutrainieren: ein Snacks mampfender Waschbär auf dem Rücken einer athletischen Tigerin.

Dann lichtete sich auf einmal das Blätterdach über ihnen. Ben staunte nicht schlecht: Direkt am Waldrand befand sich ein Trainingsplatz. Dahinter breitete sich eine offene hügelige Landschaft aus, und am Horizont war ein Bauernhof erkennbar.

»Oh, ein Zeichen menschlicher Zivilisation!«, keuchte Robin mit leuchtenden Augen.

»Vielleicht gibt's da auch irgendwo einen Supermarkt«, entfuhr es Benno sehnsüchtig.

»Süßkram wäre toll!«, kam es Giulia in den Sinn.

»Sorry, da kann man höchstens frische Milch, Honig

und Erdbeeren kaufen«, schmälerte Taylor ihre Hoffnung. »Aber die gute Nachricht ist, die bringen uns morgen Frühstück.« Dann ließ er schnaufend sein Netz mit Bällen zu Boden sinken. »Wer ist hier zum Fußballspielen? *Anyone*? *No one*?«

»*Everyone!*«, jubelte Paula.

Tatsächlich waren alle bereit – das Fußballspielen vereinte sie. Der Platz war allerdings nur teilweise ›bereit‹. Er war zwar bespielbar, hatte aber schon deutlich bessere Tage gesehen. Ben dachte sofort an den holprigen, verkrauteten Hartplatz seines Heimatvereins 1. SC Windegg. Der hatte sich bei Regen schnell in eine Art schlammiges Freibadbecken verwandelt. Mit leicht besorgtem Blick beobachtete er die Regenwolken, die sich von Minute zu Minute voller zu saugen schienen.

Taylor war die Zuversicht in Person – er beachtete den Himmel nicht und genauso wenig sein wiederholt klingelndes Handy. Freudestrahlend stellte er sich auf den Mittelkreis und überraschte das Team mit einer scheinbar einfachen Frage: »Was ist ein Pass?«

Ben strich sich verwundert durch sein kastanienbraunes Haar. War das ein Scherz? Auch seine Teamkolleginnen und -kollegen grübelten verdutzt.

»Na, ein Pass ist ein Ball, der gezielt von Spieler A zu Spieler B gespielt wird«, gab Robin als Erster Antwort.

Taylor reckte den Daumen nach oben. »*Good*, Robin. Damit hast du erklärt, was bei einem Pass *technically* passiert. Die große Frage ist: Wozu dient ein Pass? Was ist seine Funktion?«

Fast die gesamte Mannschaft kratzte sich nun reihum am Kopf. Schließlich wagte sich Mika vor: »Ein Team, das saubere, schnelle Pässe spielt, kann den Ball lang in den eigenen Reihen halten und hat gute Chancen, zum Torabschluss zu kommen.«

»Auf jeden Fall kann man mit gekonnten Pässen den Gegner ordentlich unter Druck setzen«, fügte Ben hinzu.

»Das ist *absolutely* richtig!«, jubelte Taylor in Bens und Mikas Richtung.

Ida zupfte an einer ihrer blonden Strähnen. »Na ja ... man kann mit Pässen von der Verteidigung in den Angriff schalten.«

»Very, very good!« Taylor strahlte über beide Backen. »Stellt euch das Passspiel vor wie ein *spiderweb* ... Wie sagt man auf *German?*«

»Spinnennetz«, übersetzte Paula.

»Genau, Spinnennetz – das ist das *word*«, freute sich Taylor. »Stellt euch vor, ihr seid wie mit Fäden *connec-*

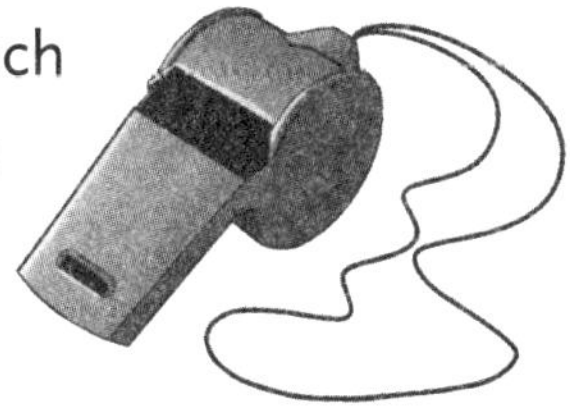

ted … also … verbunden. Wir müssen noch üben, dass alle immer wissen, wo sich alle anderen gerade befinden.«

»Heißt das, wir verbinden uns gleich die Augen beim Passen?«, hakte Mika nach.

»Ja klar!«, höhnte Benno. »Und als Nächstes machen wir Sackhüpfen …«

»… oder Topfschlagen«, stimmte Einar mit ein.

Taylor ging nicht auf die Kommentare ein. »Unser *net* ist noch nicht fest genug geknüpft. Es bricht immer wieder und reißt. Ein guter Gegner riecht so etwas und zwingt uns dann sein eigenes *net* auf. Das heißt: Er bestimmt das Tempo und den Stil.«

»Und am Ende zappeln wir im gegnerischen Netz wie eine Fliege?«, dachte Ben laut.

Taylor blies ächzend die Backen auf. »*Exactly!* Und damit das morgen gegen die *girls and boys* aus Forstenberg nicht passiert, habe ich ein paar Übungen mitgebracht.« Feierlich hob er die Faust in die Luft. »Also! Zeit für *net-building!*«

Ben genoss das Training. Endlich ging es um das, worum es gehen sollte: den Ball laufen lassen! Auch der Rest des Teams trainierte mit großer Begeisterung mit. Sogar Benno und Hannes wirkten mit einem Mal entspannt. Alle übten Direktpässe in Rauten, im kleinen

Rechteck, in Sechsecken und einige weitere Varianten. Die Gruppen wurden mehrfach durchgetauscht. Doch plötzlich froren alle Bewegungen ein – ein dumpfes Donnergrollen erfüllte den Himmel.

Robin ging mit Sorgenmiene zu Taylor. »Wie lang wollen wir denn trainieren? Wir müssen ja noch zum Zeltplatz zurück, bevor die Welt untergeht.«

»Mist! Ich glaub, mein Zelt ist noch offen«, fiel es Sophie mit banger Miene ein.

»Es macht doch gerade erst so richtig Spaß!«, meinte Mika mit leuchtenden Augen.

»Fußball in der Natur ist echt cool«, fand Yoshi.

»Und genau deshalb sind wir hier«, bestätigte Taylor. Seine Augen wanderten zu der tintenblauen Wolkenfront. »Und was den *rain* betrifft ... Mein *grandpa* hat immer gesagt: *First raindrop for the lucky one!*«

»Ich glaub, das heißt so viel wie: *Wer den ersten Regentropfen abkriegt, ist ein Glückspilz*«, erklärte Paula.

Keine fünf Sekunden später platschte ein Regentropfen auf Bens Nasenspitze. »Bin ich jetzt der *lucky* Glückspilz?«, wunderte er sich. »Und wie lang hält das Glück an?«

»Ein Leben lang«, meinte Taylor augenzwinkernd und klopfte ihm auf die Schulter.

Es blieb natürlich nicht bei dem einen Tropfen. Im Nu begann es zu nieseln und dann goss es mit einem Mal wie aus Eimern.

»Hat jemand Shampoo dabei?«, scherzte Yoshi.

»Von wegen perfekte Trainingsbedingungen«, meckerte Benno, wurde aber vom Regenrauschen fast komplett übertönt.

»Auf dem Platz im Internat wären wir auch nass geworden«, konterte Ida.

Die Wassermassen machten das Trainieren vorerst unmöglich. Ben und sein Team flüchteten sich unter das Blätterdach. Ben strich sich gerade das Wasser aus den Haaren, da endete der Regen genauso plötzlich, wie er begonnen hatte. Als sie auf den Hartplatz zurückkehrten, war eine Hälfte geflutet, die andere aber war einigermaßen bespielbar.

Ben, Mika und Robin nahmen sich einen der Bälle und begannen, hohe, weite Pässe zu schlagen. Da erwartete sie bereits die nächste Überraschung.

Robin bemerkte den Überraschungsbesuch als Erster. Er deutete zwischen die Buchenstämme hinter einem der Tore und stammelte: »D…d…d…da!« Er wollte noch mehr sagen, doch sein Mund klappte nur stumm auf und zu.

Ben blieb wie angewurzelt stehen. Er sah, wie eines der Borstentiere mit einem Ball spielte – genau genommen zerfetzte es ihn mit seinen Hauern. Bens Nackenhaare stellten sich bei dem Anblick auf. Er riss sich jedoch zusammen. Er wollte Robin nicht noch mehr Angst einzujagen. »Tja, so wie's aussieht, hat der 1. FC Wildschwein den Platz auch gebucht«, versuchte Ben zu scherzen.

»Wildschweine!«, schrie Einar, flitzte los und sprang auf einen Baumstumpf.

Robin rannte zurück zu den anderen, die auf der gegenüberliegenden Seite des Platzes warteten. »Was machen wir jetzt?«, wandte er sich Hilfe suchend an Taylor. »Wen rufen wir an? Feuerwehr? Polizei? Einen Schützenverein?« Seine Stimme überschlug sich.

Taylor legte ihm beruhigend die Hand auf die Schulter. »Tief durchatmen – *relax,* Robin! Die tun uns nichts, solange wir sie in Ruhe lassen. Am besten gehen wir einfach zurück zum Camp, *okay everyone?*«

Und so überließ der Rot-Weiß Tannwald den Vierbeinern den Platz. Die Wildschweine spielten vergnügt mit den zurückgelassenen Bällen, bis auch von denen nichts mehr übrig blieb.

9

Ein Schlaflied für Robin

Die Sonne ging schon unter, als die fünfzehn Spielerinnen und Spieler mit Taylor ums Lagerfeuer herum saßen. Sie grillten Würstchen und garten Kartoffeln in der Asche, einige brieten Stockbrot. Ben starrte die meiste Zeit einfach nur stumm in die flackernden Flammen, die eine tief beruhigende Wirkung auf ihn hatten. Auch die anderen aus dem Team schienen sich bei dem Anblick vom Wildschweinschreck zu erholen. Und Robin konnte sich zumindest ein wenig beruhigen, als er sah, dass die kraftstrotzende Rapida im Unterholz über sie wachte.

Nachdem das Feuer gelöscht war, schleppten sich Ben und Robin in ihr Zelt und krochen in ihre *GreenerGreen*-Schlafsäcke. Mittlerweile war der Boden merklich abgekühlt. Wind brauste in den Bäumen. Nachtvögel und auch einige weniger vertraute Tiergeräusche waren zu hören. Wolkenfetzen huschten über den Vollmond und

sorgten für ein gespenstisches Licht-und-Schatten-Spiel. Ben war zu müde, um sich vor irgendetwas zu gruseln. Sein Zeltnachbar dagegen verkroch sich bis zu den Augen im Schlafsack.

»Kannst du was summen?«, bat er Ben mit leicht zitternder Stimme. »Hat Mama früher immer für mich gemacht.«

Ben war gerührt. So kannte er Robin gar nicht. »Du meinst ein Schlaflied?«, hakte er nach.

»Ganz egal ... irgendwas. Wegen mir auch eine Oper oder einen Schlagersong. Hauptsache, es lenkt mich ab.«

Ben versuchte, sich an die Melodie eines Schlaflieds zu erinnern, das sein Vater ihm früher vorgesungen hatte. Sein Gesumme schien Robin anfangs tatsächlich ein wenig zu beruhigen, doch nach einigen Minuten richtete er sich seufzend auf: »Sorry ... das funktioniert irgendwie nicht.«

Ben wollte seinem Freund helfen, deshalb begann er nun einfach draufloszuerzählen: von seiner Schwester Elli, die eines Tages Riesenkaninchen züchten wollte, so groß wie Menschen. Ihm fiel ein, dass sie glaubte, es gebe Fußballstars, die Monaldo und Nessi hießen. Für Elli stand es fest, dass Ben schon ganz bald im Fernsehen zu sehen wäre. Ben erzählte und erzählte ...

... und irgendwann schnarchte ihm Robin ins Ohr. Und keine Minute später schlief auch Ben selbst wie ein Stein. Den ganzen Tag hatten Mika und er Robin erklärt, wie harmlos die Tierwelt hier draußen sei. Doch nun träumte ausgerechnet Ben von angriffslustigen Wildschweinen, Füchsen und Wölfen. Zuletzt erschien sogar ein riesenhafter, algenbewachsener Waldhai in seinem Traum. Und dummerweise konnte er wie ein Aal an Land kriechen.

Als Stunden später die ersten Sonnenstrahlen ins Zelt drangen, mischten sich Eindrücke aus der echten Welt in seinen Traum. Ben träumte, dass der Waldhai auf den Zeltplatz robbte. Und tatsächlich ging plötzlich der Reißverschluss des Zelts auf, ein Rascheln ertönte ganz in der Nähe. Ben schrie panisch – im Traum. Kurz darauf wurde er wach. Von einem Waldhai war nichts zu sehen, und dennoch: Der eigentliche Albtraum begann nun erst.

10

Albtraum nach dem Aufwachen

»Hannes, was machst du denn hier draußen?«, hörte er Benno ganz in der Nähe flüstern. »Und was hast du da in der Hand?«

»Ähm … was … was meinst du?«, stammelte Hannes.

»Jetzt zeig doch her!«, knurrte Benno und senkte seine Stimme dann wieder. »Ein ausgeleiertes altes Trikot?«, staunte er schließlich. »Da sind ja Unterschriften drauf.« Plötzlich schnappte Benno hörbar nach Luft: »Ne, oder? Ist das wirklich *das* Trikot? Also das WM-Teil, wegen dem Ben und Mika gestern rumgestresst haben?«

»Hm … meinst du?«, fragte Hannes unsicher.

»Jetzt bin ich aber gespannt«, war Benno zu hören. »Sag bloß, du hast es aus dem Internatskeller mitgehen lassen! Aber warum hast du es dann mit hierher genommen? Wär eigentlich ziemlich dumm …«

Offenbar wollte Hannes das Thema schnell beenden. »Ich hab's ... na ja ... gefunden. Ich erklär dir alles später.«

»Gefunden?!« Bennos Tonfall wurde langsam schroffer. »Im Wald? Auf dem Mars? Lass dir doch nicht alles aus der Nase ziehen!«

»In ... ähm ... einem Zelt«, kam die überraschende Antwort. Offenbar schielte Hannes dabei zu einem ganz bestimmten Zelt. Anders konnte sich Ben Bennos Reaktion nicht erklären.

»In dem Zelt von unseren Unschuldslämmern Ben und Robin? Ernsthaft?«, vergewisserte Benno sich bestens gelaunt.

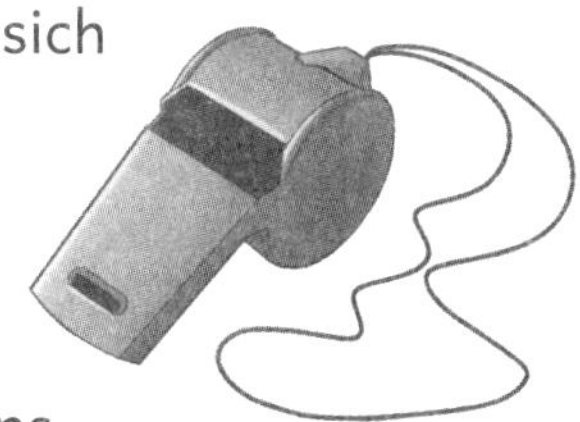

»Kann sein«, hörte er Hannes' brüchige Stimme.

»Jetzt sag bloß, du hast das Trikot in Bens Tasche gefunden?«, fragte Benno triumphierend. »Wenn das so ist, bin ich tierisch gespannt auf seine Ausrede.«

»Ähm ... lass mal lieber«, versuchte Hannes abzuwehren. Doch wenige Sekunden später donnerte Bennos flache Hand bereits gegen die Zeltplane nur Zentimeter von Bens Füßen entfernt. »Los, mach auf, Ben!«

Ben hielt das alles immer noch für einen richtig schlechten Traum. Wie kam Hannes auf so eine irrsinnige Behauptung?

»Sorry für die Störung«, hörte er Hannes aus dem Hintergrund sagen.

»Pah! Der Einzige, der sich entschuldigen muss, ist Ben«, grollte Benno.

Seufzend kroch Ben aus dem Schlafsack und krabbelte an zwei laut knisternden Chipstüten vorbei zum Zelteingang. Mittlerweile war auch Robin wach. »Haben die 'n Rad ab?«

»Höchstwahrscheinlich«, stöhnte Ben, während er den Reißverschluss des Zelts öffnete. Prompt sanken seine Hände ins hohe Gras, das voller Morgentau hing.

Und dann baumelte vor seinem Gesicht ein altes Nationaltrikot, auf dem ein Haufen Unterschriften zu lesen waren.

»War in deiner Tasche«, kam Benno sofort auf den Punkt. »Wir warten auf eine Erklärung.« Demonstrativ drehte sich Benno dabei um. Er hatte zuletzt so laut gesprochen, dass inzwischen auch Einar, Yoshi, Paula und Ida herangeschlurft waren.

»Wir können die Sache abkürzen«, bemühte sich Ben, ruhig zu bleiben. »Ich habe gehört, worüber ihr zwei eben gesprochen habt. Und nein, ich habe kein Trikot genommen. Wieso sollte ich? Ich weiß nicht, wie es hier-

hergekommen ist. Aber hey! Wolpertinger wird sich tierisch freuen, dass es wieder aufgetaucht ist.«

»Das Ganze ist wahrscheinlich nur ein blöder Streich!«, rief Robin aus dem Zelt. »Lasst euch bloß nicht von Benno zuquatschen. Und jetzt könnt ihr euch alle wieder in eure Schlafsäcke verkriechen.«

»Streich?«, wiederholte Benno höhnisch. Dabei drehte er sich zu den Mitspielerinnen und Mitspielern um. »Ich will euch noch mal dran erinnern, dass Ben uns wegen dieses Teils hier übel verdächtigt hat. Hat ihm wohl gefallen, uns aufeinanderzuhetzen.«

»*Hetzen* ist wohl eher dein Fachgebiet!«, meldete sich Mika mit messerscharfer Stimme.

Benno grinste spöttisch. »Sehr gut. Da kommt ja die Komplizin unseres Trikotdiebs.«

»Ben hat natürlich kein Trikot geklaut und Mika ist ebenso unschuldig«, schaltete sich nun Ida ein. »Wir kennen die beiden. Die lügen nicht – was man nicht von jedem hier sagen kann.« Ihr Blick wanderte bei den Worten unmissverständlich zu ihrem Bruder.

Ben kam plötzlich etwas in den Sinn. »Vielleicht sollte uns lieber Hannes die Sache erklären.« Dabei fixierte er seinen Mitspieler, was dem sichtlich unangenehm war. »Warum gehst du einfach in unser Zelt und wühlst rum?«

Hannes' Mund ging unkontrolliert auf und zu. »Ich …«, begann er stockend.

Da schaltete sich Einar ein. Mit weit aufgerissenen Augen deutete er auf die beiden leeren ›Gouda Crunch‹-Chipstüten am Zelteingang. »Sind das da nicht *meine* Chips? Die hat mir meine Tante aus Island geschickt.«

Ben zuckte ratlos mit den Schultern. »Also von mir sind die nicht.« Robin hob derweil unschuldig die Hände.

Einar schien das nicht zu genügen. »Und wer hat sie dann bitte gegessen? Etwa ein Waldgeist?«

»Ui, ui, ui!«, frohlockte Benno. »Vor uns steht also ein Trikot- *und* Chipsdieb. Oder steckt Robin etwa auch noch mit drin?«

Blitzartig fiel Ben ein, wer sich ab und zu gern mal an den Snacks anderer Leute vergriff. Mit zusammengekniffenen Augenbrauen blickte er sich um. Und tatsächlich! Wenige Meter entfernt flimmerte auf einem Fichtenast Pelés Umriss. Der verzog die Miene, als hätte er in eine Zitrone gebissen. Mit den Waschbärhänden machte er eine entschuldigende Geste.

Ben kochte vor Wut. Am liebsten hätte *er* nun den Waschbären mit Brombeeren beworfen, und zwar mit fußballgroßen. Was hatte Pelé ihm mit seiner Verfressenheit da nur eingebrockt? Wegen der Snacktüten in seinem Zelt war es nun noch schwerer, Bennos Vorwürfe zu entkräften. Er musste sich dringend etwas einfallen lassen. Pelé würde er später zur Rede stellen, der würde sich etwas anhören müssen. Da schlurfte Taylor gähnend herüber.

»Eine Mannschaftsbesprechung am frühen *morning … not bad, not bad*«, meinte er und nickte seinem Team anerkennend zu. *»Perfect teambuilding!«*

Mika schüttelte bedauernd den Kopf. »Sorry, Trainer, aber ich fürchte, das Team bricht eher auseinander.«

Taylor runzelte die Stirn. *»Oh really?«* Er ließ sich den angeblichen Trikotskandal erklären und meinte schließlich: »*Alright, alright.* Mister Wolpertinger wird auf jeden Fall *happy* sein – da haben wir gleich ein Geschenk für ihn, wenn er wieder fit ist.«

Benno verzog die Miene. »Wird Ben jetzt nach Hause geschickt?«

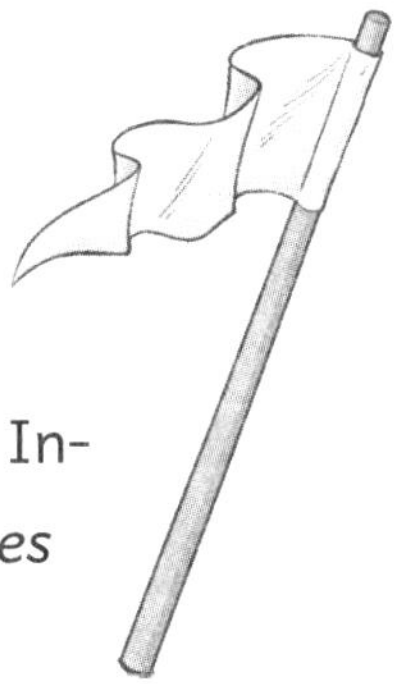

Taylor musste fast lachen. »Ha! Keiner fährt nach Hause. Wir sind ein Team, *right?* Wir sind keine Richter. Natürlich klären wir die Sache, aber dann in Ruhe im Internat. Also ... wir sehen uns in zehn *minutes* beim Frühstück an der Feuerstelle.«

11

Das beste Aufwärmtraining der Welt

Ein Mitarbeiter des nahe gelegenen Bauernhofs brachte ihnen Joghurt, Müsli, Obst, frische Eier sowie Vollkornbrot mit Käse und Wurst. Nachdem sich die Tannwalder gestärkt hatten, war es Zeit für einen erneuten Fußmarsch. Die sechs Kilometer zu ihrem Pokalgegner Forstenberg waren laut Taylor »*the best* Aufwärmtraining der Welt«. Und wie immer hatte er dabei selbst die allerbeste Laune.

Von der war Ben meilenweit entfernt. Er hatte beim Frühstück kaum einen Bissen hinuntergekriegt. Sein Kopf fühlte sich an wie in Watte gepackt. Zwar wusste er, dass er kein Dieb war, aber das half ihm nicht weiter. Einar kam Ben mit einem Mal seltsam abweisend vor. Und

auch zwei, drei andere aus dem Team schienen Ben skeptisch zu beäugen. Oder ging seine Fantasie mit ihm durch und alles war halb so dramatisch?

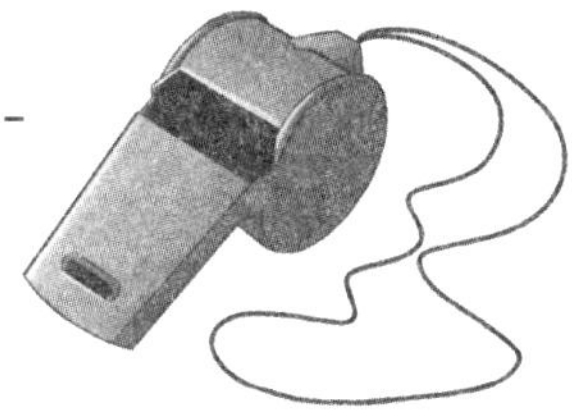

»Kopf hoch, Ben«, meinte Mika einfühlsam. »Die Sache wird sich aufklären. Und jeder, der was in der Birne hat, weiß, dass man dir trauen kann.«

»Was ist, wenn es der Waschbär war?«, grübelte Robin laut. »Vor dem sind doch keine Chips sicher.«

»Er ist verfressen, das stimmt«, räumte Ben zähneknirschend ein. »Aber warum sollte er das Trikot in meine Tasche stecken? Er war doch so wahnsinnig traurig darüber, dass es weggekommen ist.«

»Guter Punkt, Ben«, fand Mika.

»War auch nur so ’ne Idee«, ruderte Robin zurück. »Die Frage ist halt, wer es sonst gewesen sein könnte.«

Ben und Mika machten zeitgleich eine ratlose Geste, und Mika überlegte dann laut: »Leider haben wir gerade keine Zeit für Ermittlungen. Wir müssen uns erst mal auf das Spiel konzentrieren.« Sie holte einmal tief Luft. »Alsooo ... habt ihr euch schon auf den Gegner vorbereitet?«

Robins Gesichtsausdruck war ein einziges Fragezeichen. »Ist das nicht der Job des Trainers?«

»Es kann nie schaden, ein bisschen mehr zu wissen«,

sagte Mika schmunzelnd. »Wusstet ihr, dass die TuS Forstenberg eine Zusammenlegung aus Neu-Forstenberg und Alt-Forstenberg und noch ein paar Minidörfern ist? Alle Siedlungen zusammen haben 7 987 Einwohner.«

Ben und Robin blickten einander mit großen Augen an. »Ich will ja nicht unhöflich sein ...«, wagte sich Ben vor, »... aber gibt es auch eine Kurzfassung?«

»Okay, okay. Ihr wollt also die harten Fakten ...«, begriff Mika. »Die Forstenberger haben in den letzten fünf Jahren eine irre Torquote von 4,35 pro Spiel und kriegen nur 0,8 Tore. Das aktuelle Stürmerduo besteht aus den Zwillingen Aydin und Selma. Vier von fünf Toren gehen auf das Konto der beiden.«

Ben massierte sich verwundert die Schläfen. »Wie können die denn 4,35 Tore schießen?«

»Arithmetisches Mittel«, lautete Mikas trockene Antwort. »Oder einfach gesagt: Das ist der Durchschnitt.«

»Ufff!«, stöhnte Robin. »Von Mathe erhole ich mich doch gerade. Reicht schon, dass wir mit Taylor unfreiwillig Englischvokabeln lernen.«

Mika lieferte noch ein paar weitere Statistikinfos. Ben lauschte seiner Freundin gern, denn sie lenkte ihn von seinem Gedankenkarussell ab. Und so langsam wuchs in ihm die Vorfreude auf das Pokalspiel. Das elektrische Kribbeln in seinen Beinen nahm zu. Er konnte es kaum erwarten, Bälle zu erobern, einzufordern, zu verteilen und schließlich zu diesem ganz besonders großartigen Moment beizutragen, wenn der Ball im gegnerischen Tornetz zappelt. Es gab kaum ein schöneres Gefühl!

Er hoffte, Taylor würde ihm die Chance geben, von Anfang an zu spielen – im besten Fall sogar auf seiner Lieblingsposition im offensiven Mittelfeld als Zehner. Doch er wusste, dass noch jemand auf die Position scharf war. Benno!

12

Das Duell der Zehner

Kaum waren sie am kleinen Forstenberger Stadion angekommen, schlüpften sie in ihre Trikots und begannen mit den üblichen Aufwärmübungen. Anschließend ließ Taylor sie noch einmal das Passspiel im Fünfeck trainieren. Überraschenderweise steckte er Ben in eine Gruppe mit Benno, Einar, Hannes und Tomasz. Falls der Trainer damit irgendeine Versöhnung vorantreiben wollte, ging der Plan mächtig nach hinten los. Hannes konnte Ben kaum in die Augen blicken, während die anderen deutlich machten, dass Ben nicht sonderlich erwünscht war.

»Kein Ball für Diebe!«, hörte er Benno den anderen zuzischen. Tatsächlich wurde Ben die meiste Zeit übergangen. Als Benno dann doch einmal die Kugel in Bens Richtung beförderte, schoss er so wuchtig, dass Ben dem Ball über den halben Platz hinterhersprinten musste.

Dieselbe Nummer zog Benno noch zweimal ab. Als Ben einmal mehr völlig entnervt das Leder geholt hatte, hörte er Benno den anderen zuflüstern: »Boah! Wenn Bens Eltern erfahren, dass ihr Sohn Trikots klaut! Und seine kleine Schwester erst! Für die ist er doch das Megavorbild – also er *war* es mal, ha!«

Ben spürte, wie das Blut in seinen Ohren rauschte. Sein Puls explodierte förmlich. »Bist du so ein armes Würstchen, dass du nur hinter dem Rücken von anderen rumlästern kannst?« Benno stellte sich dumm, doch Ben starrte ihn mit wutfunkelnden Augen an. »Also wiederhol doch mal laut und deutlich, was du gerade gesagt hast!«

»Gib mir den Ball, hab ich gesagt«, entgegnete Benno frech. Er wollte Ben den Ball tatsächlich wegnehmen.

Der aber klemmte sich die Kugel fest an seinen Oberkörper und drehte sich von Benno weg. Da fiel Ben etwas ein. »Hey, Benno! Wie wär's? Mach *du* doch mal einen Sprint bis ganz dahinten zu den Büschen ...«

Schon versuchte Ben, die Kugel per Dropkick quer über den Platz zu pfeffern. Dummerweise unternahm Hannes im selben Moment den Versuch, schlichtend dazwischenzugehen. Sein Timing war ziemlich ungünstig. Das Nächste, was Ben mitbekam, war, dass Hannes flach im Gras lag und sich den Kopf hielt. Offenbar hatte Ben

ihn mit dem Schuss zu Boden gestreckt. Er wollte sich sofort zu Hannes hinunterbeugen, sich entschuldigen und ihm hochhelfen, da ging Benno zum Racheangriff über. Er stieß Ben mit der flachen Hand heftig vor die Brust. Plötzlich lag Ben ebenfalls flach auf dem Rücken. Er sah nur noch Sternchen.

Zum Glück war er bald wieder bei Bewusstsein. Und auch Hannes ging es schnell besser. Nur hatte Taylor leider alles mitbekommen. Er zögerte nicht lang und schickte Ben und Benno für die erste Halbzeit auf die Ersatzbank.

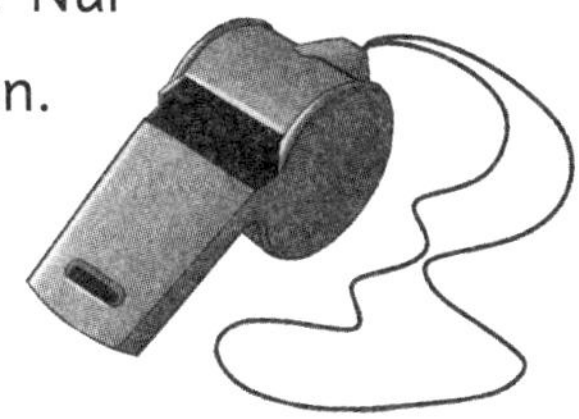

13

Überraschungsbesuche ohne Ende

Ben fühlte sich innerlich wie ein platter Reifen. Was für verrückte zwei Tage! Immer wenn er gedacht hatte, alles könne unmöglich noch schlimmer werden, war die nächste Katastrophe eingetreten. Was würde wohl als Nächstes kommen? Und wo waren eigentlich die magischen Maskottchen, wenn man sie brauchte?

Doch wenn Ben genauer darüber nachdachte: Eigentlich wollte er zumindest von dem verfressenen Waschbären erst einmal gar nichts mehr wissen. Während er auf der Ersatzbank Löcher in die Luft starrte, tauchte Mika plötzlich vor ihm auf. »Weißt du, was Frau Abelone hier sucht?«

»Frau Abelone ist hier? Wo denn?«, fragte Ben verdattert.

Mika nahm ihn mit zum Parkplatz, wo Herrn Wolpertingers Vertraute gerade aus dem Auto stieg. Frau Abelone war nicht nur die Bibliothekarin, sondern auch der gute Geist des Internats. Sie war eine der wenigen Eingeweihten, die mit den Maskottchen in Kontakt standen.

Und ganz nebenbei unterstützte sie Wolpertinger, wo sie nur konnte. In der Abwesenheit des Internatsleiters übernahm sie gemeinsam mit Herrn Jungblut seine Aufgaben.

Normalerweise strahlte Frau Abelone eine geheimnisvolle Ruhe aus – doch nicht heute. Sie wirkte, als wolle sie etwas sehr Unangenehmes loswerden. »Wo ist Taylor?«, platzte sie heraus.

Die beiden holten ihn. »Das ist ja eine *wonderful* Überraschung!«, rief der Trainer ihrer Besucherin entgegen. »Wie geht's Ihnen und wie geht's *good old* Wolpertinger?«

»Ach, wenn es nach Eduard – ähm ... ich meine, Herrn Wolpertinger – ginge, wäre er längst wieder in seinem Arbeitszimmer. Oder auch hier am Spielfeldrand. Aber zum Glück haben die Ärzte auch noch ein Wörtchen mitzureden.« Mit einem Seufzer fügte sie hinzu: »Der Gute übernimmt sich eben gern.«

»Wollen Sie uns anfeuern?«, fragte Ben geradeheraus.

Frau Abelone schüttelte bedauernd den Kopf. »Ich muss leider gleich wieder zurück. Ich ... ähm ... habe die zweifelhafte Ehre, eine nicht so gute Nachricht zu überbringen.« Mit zusammengepressten Lippen fixierte sie Taylor. »Am besten, wir sprechen unter vier Augen.«

»Oh, wow!«, sagte der Trainer leicht verlegen. »Aber hey! Ich habe keine Geheimnisse vor den beiden hier«, meinte er mit einem Seitenblick zu Ben und Mika. »Also ... ähm ... ich hoffe, ich habe nicht irgendein Fenster im Schloss offen gelassen ...«, versuchte er sich an einem Scherz.

Der eigentliche Besuchsgrund Frau Abelones war ein anderer: Taylor hatte Probleme mit seiner Aufenthaltsgenehmigung und schien das bislang komplett ignoriert zu haben. Er war ursprünglich aus seiner amerikanischen Heimatstadt Boston nach Deutschland gekommen, um an einer Sprachschule Englisch zu unterrichten. Nebenbei hatte er immer Fußball gespielt und in seiner Freizeit

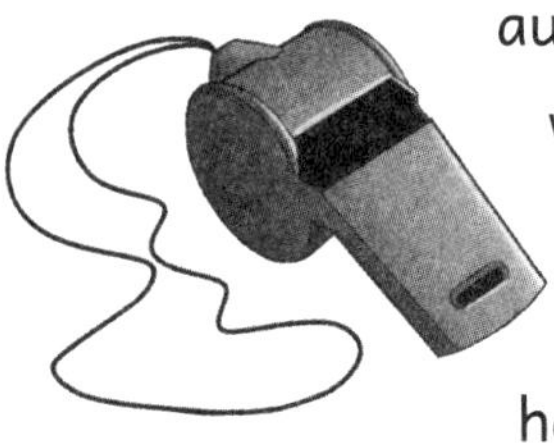

auch als Jugendtrainer gearbeitet. Irgendwann hatte er den Sprachlehrerjob aufgegeben – doch genau an diesen war seine Aufenthaltserlaubnis geknüpft. Offenbar hatte er in den letzten Wochen seine Post nicht genau gelesen und zuletzt auch Anrufe nicht entgegengenommen.

»Die Angelegenheit scheint sehr dringlich zu sein«, seufzte Frau Abelone. »Sie sollten gleich morgen zur Ausländerbehörde fahren und die Sache regeln. Bis die neuen Dokumente da sind, wurde uns untersagt, Sie zu beschäftigen.« Und etwas leiser fügte sie hinzu: »Fast könnte man meinen, irgendwer hätte Sie verpfiffen.«

»Könnte Benno *das* gestern beim Frühstück gemeint haben?«, fragte Ben Mika flüsternd. »Er hat doch so komisch rumgemunkelt, dass sich einiges ändern würde und Taylor Probleme bekäme.«

Mika biss sich nachdenklich auf die Lippe. »Hm ... aber woher hätte Benno das wissen können?«

»Keine Ahnung«, raunte Ben hinter vorgehaltener Hand. »Ich weiß nur, dass Jungblut Taylor nicht sonderlich mag – was wohl auf Gegenseitigkeit beruht. Vielleicht hat unser Finanzdirektor deshalb was ausgeknobelt ...«

Taylor schwieg sekundenlang. Schließlich schloss er die Augen und holte tief Luft: *»That's bad news, very bad news!«* Und dann bat er Ben und Mika, die schlechten Neuigkeiten erst einmal für sich zu behalten. Doch eine

Frage blieb: Wie würde der Trainingsbetrieb in Tannwald weitergehen?

»Herr Jungblut hat einen Ersatztrainer in Aussicht – wohl so etwas wie einen alten Bekannten«, wusste Frau Abelone. »Das ist natürlich nur für den Übergang.«

»Mister Jungblut? Uff ... das kann nichts Gutes bedeuten«, murmelte Taylor und sprach Ben und Mika aus der Seele. Anschließend schlurfte der Trainer am Platzrand grübelnd auf und ab.

Während Mika auf die Toilette verschwand, kickte Ben seine Trinkflasche frustriert durchs Gras am Spielfeldrand.

»Ts, ts, ts, wenn Mama *das* sieht«, ertönte wie aus dem Nichts eine Mädchenstimme – eine *seeehr* vertraute Mädchenstimme.

Ben verschlug es die Sprache, seine Augen glänzten vor Staunen. Da stand doch allen Ernstes seine kleine Schwester Elli vor ihm!

»Ja, ich bin echt«, beantwortete Elli die Frage, die Ben offensichtlich ins Gesicht geschrieben stand.

»Du bist doch nicht ausgebüxt oder so was?«, vergewisserte sich Ben, während er sie umarmte.

Elli bekam einen Lachanfall. »Ausgebüxt? Was ist

denn das für ein komisches Wort? Hat das was mit einer Büchse zu tun? Seh ich vielleicht aus wie eine?« Dabei zeigte sie zum Eingangstor des kleinen Stadions – Bens Vater und Mutter kamen von dort auf ihn zugestürmt.

»Ha! Wir sind höchstens alle drei ausgebüxt. Bis auf die Kaninis natürlich, die sind bei Opa und Oma. Apropos Opa ... da kriegt ja noch jemand aus deiner Mannschaft Besuch.« Sie deutete auf Hannes, der, freudig »Opa!« rufend, auf einen etwa 75-jährigen blonden Mann im sportlichen Trainingsanzug zulief.

Bevor Ben sich darüber wundern konnte, drückten seine Eltern ihn an sich. Er gab sich Mühe zu lächeln, doch seine Wiedersehensfreude war ein wenig getrübt. Er musste seiner Familie beibringen, dass er das Spiel vielleicht komplett aussetzen musste. Er versuchte, das unangenehme Thema schnell abzuhaken: »Unser Trainer gibt allen eine Chance und deshalb bleib ich heute erst mal draußen. Ist kein Beinbruch.«

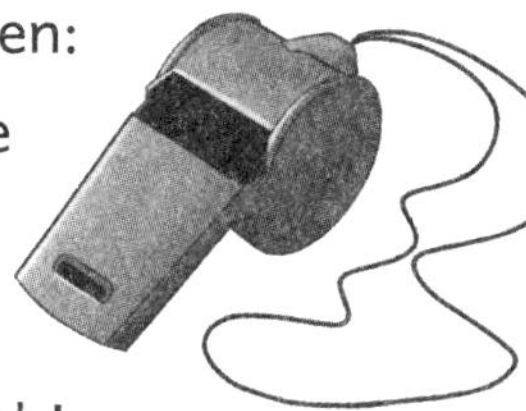

Elli verschränkte die Arme. »Oh doch! Das ist sogar ein *Doppel*-Beinbruch. Mein Bruder ohne Ball?! Das geht auf gar keinen Fall! Ich sprech mal gleich mit deinem Trainer!«

Dankenswerterweise konnten Bens Eltern Elli davon abbringen. In diesem Moment lief die gegnerische Mannschaft auf den Platz. Auch die Schiedsrichterin kam aus der Kabine und rannte zum Anstoßpunkt.

Ben hoffte, dass das Pokalspiel zumindest ein gutes Ende nehmen würde. Eines war ihm klar: Eine Niederlage würde die Stimmung in der Mannschaft komplett zum Kippen bringen.

14

Im Spinnennetz der anderen

Taylor hatte die acht Feldspielerinnen und -spieler noch einmal an die Spinnennetzstrategie erinnert. Doch schon nach wenigen Minuten zeigte sich: Das Netz des Rot-Weiß Tannwald war sehr lose geknüpft. Drei, vier Pässe nacheinander gelangen Bens Team, aber schon bald folgte ein Fehlpass, der den Gegnern perfekte Kontermöglichkeiten eröffnete. Ein ums andere Mal mussten die Tannwalder der Heimmannschaft hinterherlaufen.

Einar war eigentlich eine feste Bank im Tor. Doch die allgemeine Nervosität griff auch auf ihn über. Einer seiner Abschläge landete ausgerechnet vor den Füßen der Stürmerin Selma. Die umtänzelte Tomasz gekonnt, schob das Leder ihrem frei stehenden Bruder Aydin zu, und schon hieß es 1:0.

Ben beobachtete Taylor, der verzweifelt zum Himmel blickte und fluchte: »*Damn!* Wir haben einfach den Kopf nicht frei.« Selbstkritisch fügte er hinzu: »Hm ... aber wie denn auch? Ich hab ihn ja selbst nicht frei.«

Das Schlamassel auf dem Platz wurde minütlich größer. Die Tannwalder spielten nicht nur, als hätten sie Bleischuhe an, sie verloren auch noch die Nerven. Nachdem Hannes Robin mehrfach ungenaue Pässe zugeschoben hatte, platzte dem der Kragen.

»He! Das war Absicht!«, ereiferte sich Bens Kumpel.

»Du musst dich halt besser freilaufen«, konterte Hannes dünnhäutig.

»Spiel einfach sauberer, Hannes«, schaltete sich Tomasz ein.

»Hört auf, ihr drei!«, rief Ida. »Das ist voll peinlich!«

»Genau, konzentriert euch aufs Spiel«, moserte Paula.

Hannes' anschließende Wutschreie waren noch einen Kilometer weit zu hören: »Haltet euch mal alle raus! Ihr spielt doch selbst 'nen Riesenmist!«

»Endlich sagt's mal einer«, krakeelte Benno von der Ersatzbank.

Ben stimmte Ida zu. Der Auftritt war mehr als peinlich. Er wagte es kaum, zu seiner Familie am Spielfeldrand hinüberzuschielen. Da entdeckte Ben plötzlich, dass jemand zu *ihm* herüberschielte – ein Jemand mit Waschbäraugen. Er saß auf dem Ballfangzaun hinter Einars Tor. Pelé winkte Ben schüchtern zu. Der überlegte, ob er seinen Stolz hinunterschlucken sollte. War es nicht Zeit, ein ernsthaftes Gespräch mit dem Maskottchen zu führen?

Während Ben noch grübelte, nahm jemand anderes die Sache in die Hand. Mit einem Mal stand Elli am Ballnetz.

Bens Mund stand offen, während er die Szene beobachtete. Seine Schwester unterhielt sich mit dem magischen Maskottchen, als wäre es das Allerselbstverständlichste der Welt. Aber eigentlich kein Wunder, dachte sich Ben. Elli war einer der aufgeschlossensten Menschen, die er kannte. Sie würde sich wahrscheinlich noch als Teenager mit ihren Kaninchen und den Vögeln im Garten unterhalten.

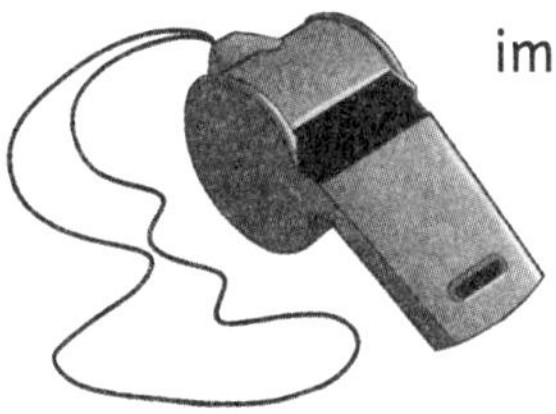

Was auch immer Pelé Elli erzählte, sie schien immer aufgebrachter zu werden. Zuletzt stampfte sie mit dem Fuß energisch auf. Da ertönte der Halbzeitpfiff.

15

Eine denkwürdige Halbzeitpause

Dass die erste Hälfte des Spiels vorbei war, war für Bens Team eine Erlösung. Seine Mannschaftskolleginnen und -kollegen lagen mit 3:0 zurück und waren damit sogar noch gut bedient. Es war höchste Zeit für eine Ansprache. Alle versammelten sich an der Ersatzbank um Taylor. Doch dann passierte … nichts!

Taylor ließ den Blick stumm und forschend von Spieler zu Spieler wandern. Benno räusperte sich schließlich entnervt. »Ja, was ist denn jetzt, Trainer?«

Doch Taylor reagierte nicht.

»Das kann doch so nicht weitergehen«, moserte ihr Torwart.

»Was ist denn los bei dir, Einar?«, konfrontierte Tomasz diesen. »Seit wann lässt du dir die Bälle so einfach einschenken?«

»Pah! Was ist denn *bei dir* bitte los?!«,

zeterte Einar. »Die Gegner können in unserer Hälfte rumspazieren, als wäre es ein Sonntag im Stadtpark.«

»Ich glaube, wir sind gerade unser eigener Gegner«, stöhnte Ben, ohne darüber nachzudenken.

»Ben hat recht«, pflichtete Mika ihm bei. »Jeder hier muss sich mal dringend an die eigene Nase packen!«

Benno winkte wütend ab. »Sorry, Leute, aber spätestens jetzt ist doch klar: Dieses ganze Trainingslager war ein Riesenfehler!«

Überraschenderweise nickte Taylor ihm zu. »Ich hab wirklich einen Riesenfehler gemacht«, räumte er ein und runzelte die Stirn. »Die *details* erklär ich euch später. Fakt ist, ich bin selbst nicht bei der Sache. Und wie soll ich das also von euch verlangen?«

»Mein Bruder würde niemals was klauen!«, tönte es plötzlich. Alle drehten sich um. Da stand Elli, die Arme in die Hüften gestemmt.

»Wer bist du denn?«, staunte Paula.

»Das ist Bens Schwester«, wusste Ida.

»Der Dieb soll den Diebstahl sofort zugeben«, forderte Elli.

Taylor legte Elli die Hand auf die Schulter. »*So* könntet ihr euch alle füreinander einsetzen – dann würden *wir* 3:0 führen.«

Ben wusste nicht genau, was er fühlen sollte. Er war einerseits etwas beschämt, aber auch stolz, dass sich die siebenjährige Elli so sehr für ihn einsetzte. Die schien gerade erst warm zu werden:

»Also! Wer hat das Trikot in Bens Tasche gesteckt? Der oder die ist schuld, wenn Ben irgendwann keine Lust mehr auf Fußball hat. Fußball muss fair sein! Aber das ist es nicht, wenn jemand klaut und andere beschuldigt!«

Ben drückte Elli an sich. »Danke, aber ich glaube, niemand hier hat den Mut ...«

»Sorry ...«, platzte es aus Hannes heraus. Er trat nervös von einem Fuß auf den anderen.

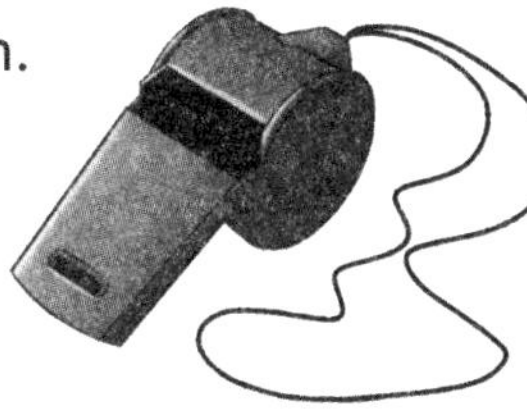

»Wofür denn ›sorry‹?«, blaffte Benno ihn an.

Die Schiedsrichterin gab ihnen derweil das Zeichen, dass sie sich langsam wieder zum Mittelkreis begeben sollten. Taylor bat sie um einen kurzen Aufschub.

Hannes starrte seufzend in den sommerhellen Himmel, senkte dann die Augen ins Gras. »Ich war's! Ich hab das Trikot genommen. Aber nicht für mich, sondern für Opa ...«, brachte er schließlich zerknirscht hervor. »Dem wollte ich es schenken.«

Robin sog scharf die Luft ein. »Also hast *du* uns den ganzen Ärger eingebrockt!«, grollte er.

»Was hast du dir denn dabei gedacht?«, runzelte Mika die Stirn.

»Es tut mir leid, wirklich!«, schluchzte Hannes. »Ich habe im Keller zufällig das staubige Trikot in der Kiste gesehen. Und da dachte ich, da es doch sowieso niemand braucht, wäre es vielleicht eine schöne Erinnerung für Opa. Er war damals beim WM-Finale '58 – Brasilien gegen Schweden –, sogar im Stadion als kleiner Junge, und hat mir so oft davon erzählt. Er war ein Riesenfan der Brasilianer und vor allem von deren Stürmer Pelé.«

Ben war unbeschreiblich froh über die ehrlichen Worte. Er nahm Hannes die Sache nicht einmal übel. Doch eine Frage trieb ihn noch um: »Wie kam das Trikot denn in *meine* Tasche?«

Hannes erklärte, dass er es ursprünglich in seine eigene Tasche gepackt habe, um es nach dem Forstenberg-Spiel seinem Opa heimlich zu überreichen. Dann war Benno auf die Idee gekommen, ein Handy mitzunehmen und es zur Tarnung in Hannes' Tasche zu verstecken. Weil Hannes befürchtet hatte, Benno werde dort irgendwann das Trikot entdecken, hatte er dieses kurz vor der Busfahrt schnell in eine andere Tasche gesteckt – rein zufällig eben in die von Ben. Hannes hatte im Camp nicht gleich eine Gelegenheit gefunden, das Trikot wieder herauszunehmen. Und als er es dann nach der letzten Nacht am Blauwaldsee aus Bens Tasche gefischt hatte, hatte Benno ihn überrumpelt. Es wurmte Hannes, dass er nicht den Mut gehabt hatte, damals sofort die Wahrheit zu sagen.

Ben fiel ein riesengroßer Stein vom Herzen. Sein Team wusste nun, dass er unschuldig war. Auch Hannes war erleichtert und letztlich auch die gesamte Mannschaft: Der Knoten war geplatzt.

Doch würde das reichen, um das Spiel noch zu drehen?

16

Zweite Halbzeit, zweite Chance

Taylor kritzelte rasch seine Vorstellung von dem Spinnennetz auf einen Zettel. Er zeichnete ein, in welchen Bereichen sich die Spielerinnen und Spieler bei eigenem Ballbesitz aufhalten sollten. Ben staunte nicht schlecht, als er seinen eigenen Namen in der Aufstellung las. Er war sogar doppelt erleichtert, denn er würde seine Paraderolle übernehmen dürfen: die Spielmacherposition!

Nach dem Wiederanpfiff dauerte es ein paar Minuten, bis er in die Rolle hineinfand. Doch dann wurde er immer mehr der Dreh- und Angelpunkt des Tannwalder Spiels. Bens Mannschaft konnte dem Spiel endlich den Stempel aufdrücken. Die Partie wurde ausgeglichener, mit Torchancen auf beiden Seiten.

Doch dann kippte das Spiel überraschend, und zwar zu ihren Gunsten. Die gegnerische

Stürmerin Selma hatte bereits in der ersten Halbzeit wegen Meckerns eine gelbe Karte kassiert. Nun forderte sie nach einem alles andere als eindeutigen Foul einen Siebenmeter, bekam ihn aber nicht. Vor lauter Frust schlug sie den Ball weg, und nach einer Ermahnung durch die Schiedsrichterin winkte sie auch noch aggressiv ab. Die Unparteiische hatte die Nase voll – sie zückte Rot.

Bens Team hätte nichts Besseres passieren können. Die Rot-Weißen nutzten die plötzliche Überzahl, und nun endlich ging der Plan auf: Die Gegner zappelten wie Fliegen im Netz der Tannwalder. Durch Tore von Robin und Hannes schafften sie das 2:3. Rapida tigerte munter am Spielfeldrand entlang und spornte insbesondere Mika an, bis die tatsächlich das 3:3 erzielte. Fast hätte das Internatsteam noch in der regulären Spielzeit den Siegtreffer erzielt. Nach einer Ecke im gegnerischen Strafraum hatte Ben den Ball perfekt auf dem Fuß. Er sah die freie Torecke – es war nur noch eine Frage der Zeit … Da nahm ihm ausgerechnet der eingewechselte Benno in letzter Sekunde die Kugel ab und drosch sie drei Meter übers Tor.

»He, du Dummie!«, schallte es von draußen. »Das war eigentlich Bens Tor! Du hast es ihm voll weggeklaut!« Die Stimme gehörte natürlich Elli.

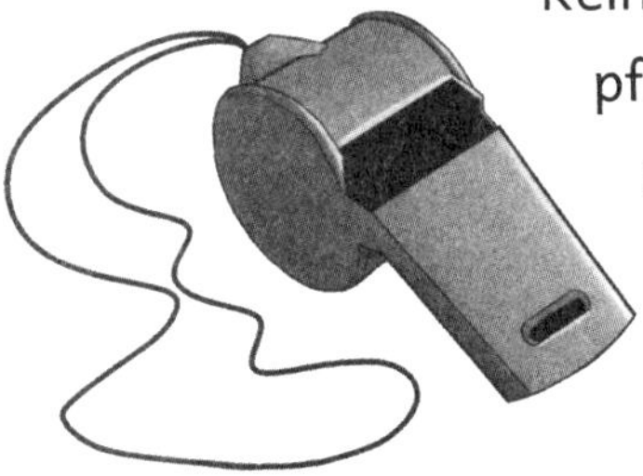

Keine Sekunde später ertönte der Schlusspfiff. Zweimal dreißig Minuten waren bereits gespielt, doch noch immer stand kein Sieger fest. Es folgten zwei Verlängerungen von jeweils fünf Minuten. Die Beine der Forstenberger waren inzwischen schwer geworden. Sie gruppierten sich in den verbleibenden zehn Minuten mit Mann und Maus ums eigene Tor. Mit ihrer Mauertaktik konnten sie tatsächlich verhindern, dass Bens Mannschaft das Siegtor erzielte.

Das Siebenmeterschießen musste entscheiden. Wenn Ben eines sicher wusste, dann, dass Siebenmeter nicht seine Stärke waren. Vor allem im Entscheidungsschießen versagten ihm regelmäßig die Nerven. Er konnte Taylor dazu bringen, stattdessen Benno zu nominieren. Mika, Robin, Tomasz und Ida waren ebenfalls gesetzt.

Die fünf Siebenmeterschützen der Tannwälder verwandelten sicher – dummerweise saßen auch alle Schüsse ihrer Gegner. Folglich zeigte die Anzeigetafel 8:8.

Ein weiterer, womöglich entscheidender Siebenmeter stand an. Taylor legte Ben den Arm auf die Schulter. »Das ist dein Tag, Ben! Erinnere dich: Du hast gestern Abend den ersten *rain drop* abbekommen! Du bist der *lucky* Glückspilz. Du hast dir das Siegtor verdient!«

Doch Ben fühlte sich eher wie der zukünftige Pechvogel. Seine Nerven flatterten, sein Puls raste, er spürte seine Füße kaum. Dabei war die Ausgangslage gut. Einar hatte gerade den Schuss des gegnerischen Spielers parieren können. Mit einem Treffer konnte Ben den Pokalsieg eintüten.

Ihm wurde richtig schwummrig vor Augen, während er Anlauf nahm. *Das wird nix, das wird nix*, hörte er eine zermürbende Stimme im Kopf. Da entdeckte er vertraute Umrisse in wenigen Metern Entfernung – Waschbärumrisse! Pelé saß auf dem Lattenkreuz und gestikulierte wild in Bens Richtung. Endlich begriff der, was der Waschbär ihm mitzuteilen versuchte.

Ben lief erst schnell an, verzögerte aber in letzter Sekunde. Und Tatsache! Die Torhüterin sprang zu früh los und gab die rechte Torecke frei. Ben musste das Leder nur noch reinschieben, doch ärgerlicherweise rutschte er kurz vor dem Abschuss weg und traf die Kugel im Fallen mehr schlecht als recht. Der Ball rollte wie in Zeitlupe auf den rechten Torpfosten zu. Die Torhüterin rappelte sich derweil auf und hechtete nun in die richtige Ecke. Im selben Moment prallte die Kugel gegen den Pfosten, kullerte die Torlinie ent-

lang, berührte dort noch leicht den Hinterkopf des Mädchens und gelangte von dort ... ins TOOOOOR!!!

Ben hatte dem Ball mit offenem Mund hinterhergeschaut. Er stand immer noch wie angewurzelt da, als eine ganze Welle aus Mitspielerinnen und Mitspielern ihn überrollte. Auch Bens Eltern kamen auf den Platz gelaufen, mit Elli vornweg. »Ich wusste es. Du bist besser als Monaldo und Nessi zusammen!«, jubelte sie.

17

Ein neuer Trainer, der der alte ist

»Nächste Runde, nächste Runde!«, grölte Ben mit seinem Team wenig später in der Kabine. Die Spielerinnen und Spieler duschten sich gegenseitig mit ordentlich geschüttelten Sprudelflaschen. Die Stimmung war ausgelassen.

Mika und Robin stimmten gerade »Wir holen den Pokal!« an, als plötzlich die Kabinentür aufging.

»Sorry ... ähm ... wer sind Sie?«, wunderte sich Taylor über den unangekündigten Besucher.

»Bin auch *sorry*«, kam die forsche Antwort. »Hab im Stau gesteckt ...«

Jetzt erst realisierte Ben, wer da gerade eingetreten war. Vor Schreck schlug er sich mit der Hand vor den Mund. Benno dagegen kam dem Mann breit grinsend entgegengelaufen. »Papa!«, rief er und klatschte mit ihm ab. »Endlich!«

Herr Stackenberg war Bens Trainer beim 1. SC Windegg gewesen. Seinetwegen hatte Ben die Fußballschuhe schon fast an den Nagel hängen wollen. Denn unter ihm hatte er sich kein bisschen entfalten können. Stacki, wie einige ihn nannten, war das genaue Gegenteil von Taylor: Jedes Training war gleich abgelaufen. Herr Stackenberg verlangte eiserne Disziplin und sturen Ehrgeiz, den er auch selbst vorlebte. Und obwohl seine Trainingsmethoden alles andere als kreativ waren, schien er sich vor allem selbst besonders gut zu finden.

»In der Kabine sind Eltern eigentlich nicht erw…«, begann Taylor.

»Ne, ne«, wurde er prompt von seinem Gegenüber unterbrochen. »Ich bin goldrichtig hier und habe gute Nachrichten!«

Und Stackis Nachrichten hatten es tatsächlich in sich! Allerdings waren sie für Ben alles andere als gut: Bennos Vater stellte sich als Übergangstrainier vor – »gern auch für länger«, wie er hinzufügte.

»Hab doch gesagt, hier wird sich was ändern«, zischte Benno Ben triumphierend ins Ohr. »Ab morgen weht ein anderer Wind in Tannwald. Zeit, dass mal ordentlich entrümpelt wird. Papa hat schon gesagt, dass unser Kader zu groß ist. Das heißt, dein Platz ist …«

Doch Ben hatte genug gehört. Er brauchte dringend frische Luft. Kaum war er ins Freie gerannt, kamen Mika und Robin hinter ihm her. Auch Ida folgte ihnen auf dem Fuß. »Ihr müsst mir glauben, ich wusste von nix«, stellte sie sofort klar.

»Alles gut«, entgegnete Mika. »Wir können uns schon vorstellen, dass es Jungbluts Idee war und er das heimlich eingefädelt hat.«

Ben schüttelte ungläubig den Kopf. Er musste fast

grinsen, so verrückt war die Situation. »Mein neuer Trainer ist der alte ... Das ist doch ein Witz, oder? «

In einer Sache waren sich die vier schnell einig. Sie mussten Taylor helfen, und zwar schnell! Auf keinen Fall durften sie zulassen, dass Jungblut mit Bennos Vater das Internat auf den Kopf stellte. Dieser Spuk musste schnellstens enden!

Leseprobe aus Band 6

Die Zauberkicker, **#fußballverrückt**

ISBN 978-3-440-17892-8

Ben schlenderte mit seinen Freunden Mika und Robin durch den dämmrigen Schlossflur mit seinen mächtigen Mauern. Er war immer noch stolz, an diesem traditionsreichen Ort zur Schule gehen und vor allem kicken zu dürfen.

Als er kurz stehen blieb und lauschte, fiel ihm die besondere Stille auf. Bis auf die hallenden Schrit-

te seiner Freunde war nichts zu hören – oder etwa doch? Ben spitzte seine Ohren. Plötzlich kam es ihm so vor, als könne er ein geheimnisvolles Flüstern hören. Waren es Stimmen aus der fernen Vergangenheit? War es Bens Fantasie? Oder ganz einfach der Wind, der irgendwo durch eine Lücke im Mauerwerk blies?

Was auch immer es war, tief im Inneren wusste Ben, dass Schloss Tannwald ein guter und freundlicher Ort war. In den altehrwürdigen Gemäuern gab es nichts, wovor er je Angst gehabt hatte.

Der Himmel draußen war den ganzen Tag bedeckt gewesen, doch nun blitzten mit einem Mal Sonnenstrahlen durch eines der großen Buntglasfenster, unter dem Ben gerade stand. Das Fenster mit dem Mosaikmuster leuchtete farbenprächtig auf und zog ihn sofort in seinen Bann.

Die Tiermaskottchen und ihre magische Welt schienen vor seinen Augen sofort lebendig zu werden. Doch als Ben das Motiv genauer betrachtete, machte ihn etwas stutzig. Er strich sich durch sein haselnussbraunes Haar. »Komisch, dass mir das hier noch nie aufgefal-

len ist …«, dachte er laut. Er hatte eigentlich geglaubt, dass er sämtliche Fenstergemälde im Schloss kenne, dieses aber war anders.

»Irgendwie gruselig«, raunte Mika ihm ins Ohr. Sie war inzwischen zu Ben zurückgestapft und beäugte das Glasmosaik genauso aufmerksam. »Was soll das überhaupt sein?« Mika deutete dabei auf eine große mysteriöse Gestalt am Bildrand. Die schien sich förmlich über die anderen Maskottchen zu erheben.

Ben war sich unsicher, ob die Kreatur den Waschbären Pelé, die Tigerin Rapida, das Gürteltier und das Einhorn beschützte oder eher bedrohte. Eines war ihm jedoch sonnenklar: »Was auch immer es ist, zu meinem Geburtstag würde ich es nicht einladen.«

»Kluge Entscheidung«, meinte Mika und zwinkerte ihm zu.

»Chimäre!«, rief Robin plötzlich aus einiger Entfernung.

Ben warf ihm einen überraschten Seitenblick zu. »Hä? Was für 'ne Beere?«

»Keine Beere – Ki-mä-re wird das ausgesprochen«, wiederholte Robin nun deutlicher. »So nennt man diese komischen Mischwesen aus Löwe und Drache. Kenn ich aus einem Computerspiel.«

»Oh, là, là!«, flötete Mika überrascht. »Klarer Fall von: Nicht verzagen, Robin fragen!«

Ben hörte nur mit einem Ohr zu. Sein Blick ruhte auf einer gusseisernen Vorhangstange oberhalb des Fenstergemäldes. »Wahrscheinlich war das Bild bisher verhängt«, überlegte er laut.

Mika rieb grübelnd über ihr Kinn. »Aber wer hat den Vorhang weggezogen? Und warum?«

»Garantiert war's der obergruselige Maskottchengeist«, behauptete Robin mit Gruselstimme – dazu schnitt er eine Grimasse, die einen Geist darstellen sollte.

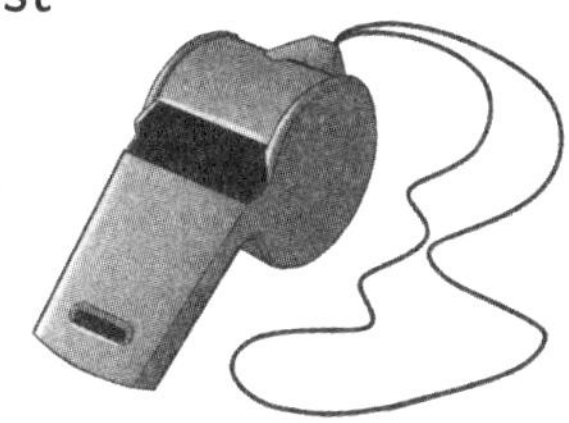

Ben musste unfreiwillig lachen, Mika dagegen winkte augenrollend ab. »Ach, mach du nur deine Witze, Stadtkind.«

Das ›Stadtkind‹ Robin machte ihr eine lange Nase und schielte dann fast sehnsüchtig den Flur entlang zur Bibliothek. »Wir wollten doch eigentlich nur schnell Frau Abelone besuchen und danach gleich ab zum Training.«

»Oh ja, die groooooße, groooooße Trainingspremiere«, meinte Mika ironisch. »Keine Ahnung, was sich Herr Jungblut dabei gedacht hat, ausgerechnet Bennos Vater als Übergangstrainer zu nominieren.«

Ben blies die Backen auf und ließ dann stoßweise Luft entweichen. »Das wüsste ich auch gern«, ächzte er. »Hoffentlich wird das ein seeeeehr kurzer Übergang – und Taylor darf uns morgen bei diesem komischen Spontanturnier schon wieder coachen.«

»Ist wohl leider eher unwahrscheinlich, dass er so schnell zurückkommt«, meinte Mika mitfühlend.

»Hey, Leute! Gebt doch diesem Stackenberg erst mal eine Chance«, protestierte Robin. »Vielleicht hat er ja kultige neue Trainingsmethoden – also so Zeug, das bei irgendwelchen internationalen Topklubs entwickelt wurde.«

Ben stieß einen gequälten Laut aus. »Sorry, Robin, aber Topklubs kennt ›Stacki‹ höchstens aus dem Fernsehen oder dem Internet. Soweit ich weiß, hat er bislang nur ein paar Jugendmannschaften in unserem Dorf trainiert.«

»Aber wie ist dieser Stackenberg denn jetzt so als Trainer?«, fragte Robin neugierig.

RESILIENCE LEARNED

HEALING MY WOUNDS FINDING MY WINGS

MENACA POTHALINGAM

Disclaimer

This book is designed to provide information and motivation to our readers. It is sold with the understanding that the author and publisher are not engaged to render any type of psychological, legal, or any other kind of professional advice. The content is the sole expression and opinion of its author. Neither the publisher nor the individual author(s) shall be liable for any physical, psychological, emotional, financial, or commercial damages, including, but not limited to, special, incidental, consequential or other damages. Our views and rights are the same: You are responsible for your own choices, actions, and results.

The content of the book is solely written by the author.

DVG STAR Publishing are not liable for the content of the book.

Published by DVG STAR PUBLISHING

www.dvgstar.com

email us at info@dvgstar.com

DVG STAR
Dream ➤ Vision ➤ Goal
YOUR GOAL IS OUR MISSION

ISBN: 1-912547-37-6
ISBN-13: 978-1-912547-37-1

This book reflects my recollection of events, and I have related them as honestly as possible. I have tried to recreate events, locales and conversations from my recollection of them.

In order to protect the innocent and to maintain their anonymity, I have changed the names of individuals and places, in some instances. I have also not specified dates or any fixed timelines.

Menaca Pothalingam

Dedication To My Inspiration

This book is dedicated to Mummy, my grandmother, whose strength, courage and guidance have made me the person I am today.

You taught me to believe in my dreams, encouraged me to follow my heart and spread my wings. You are my true inspiration.

Not a single day passes by without me thinking of you and feeling grateful for having had such an inspiring woman in my life. Your story cannot be told in just a few words – it is a unique saga...... that continues in me.

You brought love and happiness wherever you went and into the lives of everyone who had the privilege of meeting you.

I hope you are resting in peace and have been embedded into the heavens as a guiding star!

With Utmost Gratitude to My Pillars of Strength

Dear Amma and Appa,

I'm blessed to have such amazing parents. You have always given me the courage to follow my dreams and supported my choices. You have been there for me through my highs and lows; to catch me when I fell and cheer me on to rise again.

You continue to be my role models. You inspire me in so many ways, especially in your unwavering resilience in facing the innumerable challenges life has thrown at you.

You have been my lifelong teachers and the guiding force behind all my success. All I have achieved has been possible only with your unceasing love and encouragement.

Yours ever loving daughter,

Menaca

Foreword

It is not easy recapitulating a profound journey of heartbreak, healing and hope that uplifts our humanity, both individually and collectively. Somehow, Menaca Pothalingam has accomplished just that.

Menaca is a remarkable woman. I first met her when I mentored her in public speaking and have witnessed her growth and the impact she is creating through her writing, speaking and coaching. I have seen her transform from a healthcare practitioner into an international multi-award-winning thought leader in the field of Transformation.

It was immediately clear to me that there was a deep-felt synergy between my mission and Menaca's mission as an ambassador for Women Empowerment and Resilience Strategist in transforming the lives of others by sharing the message.

Resilience Learned is a beautifully written book where personal reflections flow inextricably with more contemplative moments, expanding our vision of self and society. Within its pages, the spirit becomes more and more manifest, strengthening our awareness of Oneness and Interconnectedness.

The narrative flows seamlessly between the present vicissitudes and past violence. The discontinuity does not disturb; instead, it embraces the present with a soothing touch of hope, harmony and reconciliation.

I offer my heartiest congratulations on this Herculean and poignant endeavour.

Andy Harrington
Sunday Times Best Selling Author
Passion into Profit
Founder: Professional Speakers Academy

Contents

Acknowledgments

Thank you to Asha, my daughter, for putting up with me, while I spent hours on end crafting this book.

Thank you to my family and friends, who allowed me to make public "our story". Thank you especially to my friends, who helped me with the writing process, Amee, Viboo, Wyshne and Sudha. I thank you for your precious time and guidance. I also thank all of you who provided valuable feedback on my book as it was being created.

Thank you, Andy Harrington for generously writing a foreword to my book, *Resilience Learned*. I deeply value your commendation and appreciation of my story.

Thank you, Michael McGeary, for converting the few thousand words I penned into a book. With your editing expertise in the world of memoirs a book was born.

Lalitha, I owe immense gratitude to you for dedicating hours on end of your editing skills to shape this book to the current form. You made my writing skills appear much greater than it actually is. I am grateful that you were able to accommodate our time difference and work online at my convenience. I have found a friend in you.

Thank you Dilraj for your photographic genius; you have taken a genuine interest in this project and bringing out the best image of me for the world to see.

Thank you Tabish, for creating an impactful design for my book cover, the face of the story.

Thank you to Mayooran and Labosshy for holding my hand through my publishing journey.

And to you, dear reader, I am grateful for your interest in my story.

Read on...

Relationship Words Explained

The following words indicate relationships in Tamil. They have been translated into English:

Mummy	Grandmother
Amma	Mother
Appa	Father
Mama	Uncle
Mami	Paternal aunt
Chitthi	Maternal aunt
Annan	Elder brother
Akka	Elder sister

The Power Within

Feel the pain,

Focus on the gain,

Forget your past, it did not last,

Wounds will heal, if you have the zeal,

Making peace with your soul, should be your only goal,

Make your dreams come alive, don't just worry and be naive,

Don't be afraid to embrace fear, a beautiful future is very near,

What Happened and was told is History,

Design your desired destiny,

Write your own story!

Introduction

"Each of us has a unique part to play in the healing of the world".
~Marianne Williamson~

I put down the saucepan and wipe the soapsuds from my wet hands as I rush to reach the ringing telephone. I expect to hear Amma's voice as she calls to check on me, which she does every Sunday morning. Even though I'm a grown woman, occasionally she will tell me-off, before she asks about my plans for the week. But instead of Amma's loving concern, it's the sound of a familiar peppy voice, one I haven't heard in years. It is Praba, my best friend from my university days in Sri Lanka. The conversation flows so naturally – as though we have never been apart. We are so caught up in reminiscing that the present and the past become intertwined in our excited chatter.

More than an hour has evaporated by the time we reluctantly hang up, and memories are spinning around in my head. Wrapped in my favourite pink throw and sipping coffee, I stare at the clear blue sky, pondering over all the unexpected twists and turns in both our lives. A sudden rush of peace fills my being, together with a feeling of immense gratitude for the paths that opened up for both of us, in contrast to the lack of it for many of our peers, who were forced to stay behind and experience the harsh realities of war.

I feel the familiar longing to return "home". This time I do not wait for the moment to pass, as I always do, and even before my coffee cup is empty, I have booked airline tickets to Sri Lanka for my daughter, Asha, and myself.

I always ask for a window seat when I fly. Seeing the world from above gives me a different perspective. Patterns emerge, the landscape is transformed and cities look minuscule in the grand scheme of things. I make myself comfortable and observe the way the daylight twinkles on the thick cabin windowpane. Outside, clouds dance around, kissing the tips of the wings. They momentarily part to reveal a glimpse of the panorama below, a vision of endless, motionless tranquillity. I shift in my seat and reach for the water and notice the rows of heads in front of me. All are caught up in their own thoughts. I become lost in mine and start to dream. Have you ever dreamt of an experience from your past that is so vivid, it feels real again?

I hear fighter aircrafts whirring closer, searing the air, with those on-board eager to unleash their deadly cargo. Crouching in the dense undergrowth of the black jungle, my hands claw at my ears to block out the noise and hideous shivers pulse through my body as the first bomber passes overhead. The heat is unbearable. The ground is scorching hot. Murderous shells are raining down from above as if the heavens are unleashing their wrath upon us. I feel the sickening hot splash of blood on my legs - it's not mine. It mixes with my sweat and runs in rivulets along my skin before dripping onto the ground. The sound is now deafening and renders my own anguished cries and those of the people around me inaudible. Mad with both fear and fury, I want to burrow into the ground below and scream at the sky above. Everything is disconnected and I become numb to the presence of the planes as I try to shake off the ringing in my ears. Then they are gone, taking their terror elsewhere, to traumatise some other helpless souls.

Through the clouds of dust, I see Saratha, the teacher I have come to know during our harrowing journey, lying spread-eagled and motionless on the ground. I find enough strength to drag my quaking limbs slowly over to kneel beside her. I snatch my favourite white shirt from my bag, wrap it around the ragged flesh that I know should be her leg and apply pressure with the little strength left in me. Soon, the shirt is scarlet with more blood than the thin cotton can contain. I look at her face hoping to see a hint of life and her eyes briefly flicker open, glazed with tears. She blinks slowly and the tears fall from her eyelids and trickle down her cheeks. Her lips move as though she is trying to speak, but no sound comes out.

Asha looks at me with concern. My face and body are soaked with sweat. I gradually regain my composure, but it takes a few moments for me to return to my surroundings and to realise that it was just a dream. The pilot's announcement that we will be landing soon fully snaps me out of my trance.

I smile inwardly at how far I have come, recalling when I finally decided to change my outlook on life, prioritising myself and my wellbeing above all else. I stuck to my new course, not punishing myself when I briefly fell into old routines. I believed that no matter however many times I stumbled or failed, I could rise again.

I glance again at my fellow passengers and then out of the window, at the microscopic buildings dotted below, as we begin our descent. I imagine people going about their lives. I wonder whether any of them have navigated through experiences similar to mine. They too can change, as I did, if only they alter their mindset. Each step makes a difference. All of us have faced obstacles and challenges as we walked the path that has led us to this point in our life's journey. The question is where would we have been without these struggles?

One cannot help but wonder how our stories would have unfolded if we hadn't made the decisions we did at significant moments in our lives.

Spending the first twenty years of my life amid the chaos of the Sri Lankan civil war made me value life and treasure each moment as a gift. It also made me realise how blessed I was not only to have survived but to have been granted endless opportunities, while so many others were not so lucky.

As a child, I looked around me and saw how some people caused misery and unbearable loss to others through their selfish and violent actions, while others selflessly helped those around them and made the world a better place to live in. Throughout my life, I have found myself asking why? What was creating the polar opposite personalities these people displayed? Where do these malicious intent or generosity and kindness towards other human beings come from? I was curious to find out what makes someone who they are; in other words, what makes a person unique. Could it be related to the processes through which one excavates and remembers experiences? After being forced to flee my war-stricken country, the urge to have my questions answered grew stronger, leading to an ongoing journey of self-realisation and personal development.

I have attempted to write a memoir that captures the horrors I witnessed to illustrate the sheer senselessness of a conflict that stole so many innocent lives. I also want to tell you that despite the horrors I faced, my own story is not one of defeat and despair, but of transformation and hope. I write of these experiences with the hope that it will move someone, somewhere, and influence a more in-depth perspective of the consequences of any misfortune that befalls them, however catastrophic, whether it is personal, national or global. I want my story to be a ray of hope for those who want to emerge from their victimhood and are ready to receive the gift of resilience.

It is empowering to discover how my painful experiences of war, migration and loss created my present identity. We can all play a role, as individuals or collectively, some by making small contributions and others having much more to offer. I imagine a world where all humans, regardless of their background, coexist in harmony and love. Wouldn't that be the ultimate gift and legacy we leave behind for our children and our grandchildren?

We are divided in so many ways – between our countries and religions, inside our communities and even within our own homes. But it's strange how war brought with it a sense that all the lives on my island were somehow interconnected and that the longed-for return of peace and harmony depended on these common bonds. Only kindness and humanity can heal the mistrust created from decades of bloody and brutal fighting that left such deep and ugly scars on its victims; betrayed by failed politics and exposed to unimaginable violence. Peace comes after disaster, adversity and grief, when we finally learn to embrace forgiveness and are infused with an all-encompassing love for each other. Only then will unity be accomplished.

This book is my journey of hardship, triumphs, friendship and hope. It is how I finally received the gift of resilience through forgiveness, compassion, truth and love. War made me many things, but most of all, it formed me into a better human being. Adversity dragged me down to the depths of despair and tore me open, only to reveal I processed so much more in me.

I hope my story helps others who have experienced or are facing challenges and gives them the belief that the power of resilience and transformation is within them. I am healed, not unbroken. This book, Resilience Learned, is my attempt at healing the wounds of others by honestly sharing the story of my struggles. I hope readers will be inspired, by my story, to spread their wings to fly high.

Peace Through A Child's Eye

"If we are to create peace in our world, we must begin with our children."
~Mahatma Gandhi~

November 1967…

Pothalingam stares out at the scene unfolding below him. Only the neon lightning flashes and the odd street lamps illuminate the darkness, as torrential rain pours down on the city. The wind's wailing and the occasional crack of thunder outside is in stark contrast to the pin-drop silence within the maternity ward.

Pothalingam decides to wait, fearing that if he leaves the hospital he might not be back in time to share the precious moment he and his young wife, Indra, have been eagerly anticipating. "*We will have our miraculous bundle of joy and sunshine by morning*," he tells himself, optimistically. Pothalingam sinks into a soft chair, his legs unsteady with excitement and numb from endlessly pacing up and down the waiting room. These white walls are familiar to him as a doctor, only on this occasion he is the outsider, waiting, and not working.

A pile of newspapers is stacked clumsily on the small coffee table in the corner, threatening to topple over onto the tiled floor. Pothalingam notices an elderly woman lost in her thoughts and he hopes that she, like him, is waiting for some good news. His attention then shifts as a young woman appears in the distance.

Slowly, she comes into focus, straightening her crisp, white uniform with her hands as she approaches. Feeling the tension building within him, Pothalingam springs to his feet almost too quickly and he has to fight dizziness to remain standing. His nostrils are filled with the distinct smell of the hospital disinfectant as the nurse leads him, without speaking, along the blank, never-ending corridor to where I am crying in Amma's arms.

As the news of my arrival spreads, eager visitors flood in and I lay my eyes upon my family for the first time. Appa and Amma are beaming with sheer delight, rejoicing and sharing sweet treats with loved ones and strangers alike, in the traditional way Sri Lankans celebrate a birth. My uncles and aunts compete to hold me, but this is a contest only my grandmother (Mummy) can win. She picks me up and holds me tenderly, as though fearing she might break the tiny bones enclosed within my delicate limbs. I stretch my arms and legs, relieved to experience freedom after being curled up in the benevolent prison of the womb for so many months. Surrounded by smiling faces and such rejoicing, my life's journey begins on a tapestry woven in many hues of love.

Our house is a large family home, with the backdrop of beautiful woodlands, where birds and squirrels scamper around. It is located in the peaceful town of Wewaldeniya, in Gampaha district, in the Western Province, not far from the island's west coast and the capital, Colombo. Life in Wewaldeniya with its slow pace and the gentle relationships of its inhabitants is very different from the fast-paced life of Colombo. We always look forward to Mummy, my uncles and aunts visiting us often and they don't miss any opportunity to do so.

Spending time colouring and reading in the long, luscious garden behind my house, shaded by big old trees, and listening to my grandmother's stories becomes my happy routine. Amma calls her "Mummy", so we all do – soon she is known as Mummy throughout the town, the only person I know to have been given an English title.

Amma's youngest brother, Ravi Mama, lives with us for a short while after completing his education. He lavishes me with love and care. He gathers me in his arms and gently sings "*Adiye netru piranthaval neeye, neram therinthu vanthaaye,*" a song from a popular Tamil movie. It means "You, who were born yesterday, knew the right time to arrive."

Mummy visits us often, usually taking me back to stay with her and Amma ends up having to come and bring me back home. Appa jokes that she has no problems finding her way to come to get me but forgets the directions to bring me back again. More often than not Mummy joins us for the long journey back to Wewaldeniya.

After two years of me being the centre of attention, there is much happiness about a new addition being made to the family. Mummy comes to stay with us to look after Amma and to support her during the pregnancy. The excitement builds as the nursery is decorated for the new baby. Mummy explains why the special food is only for Amma as she needs to be strong to bring a baby for me to play with. I am excited when I hear about the new baby.

July, 1970...

We all rush to the window when we hear the sound of an engine outside and wait impatiently as the car draws slowly to a halt. Amma climbs out unsteadily and with Appa's support walks into the house, bringing with her, a precious little bundle. I peer inside the folds of the swaddling cloth and I am rewarded with the first glimpse of my brother, Anojan. I instantly know I love him and that I have a playmate for life.

When I start pre-school, Amma creates a space for me to study and for her to teach me the alphabet. Chandra Chitthi, my aunt and Mummy spend a few weeks with us. My aunt gifts me colouring books and pencils. I like playing outside with my many toys. Mummy calls me and I collect my favourite red bag before making my way into the house where she and my Chitthi, are having tea with Amma. I sit at my bright pink desk and start to decrypt the outline in a colouring book by joining up the dots and then enthusiastically set to work colouring the form I have revealed. Chitthi offers me words of encouragement and picks out the coloured pencils with me as a peacock gradually emerges, dancing gleefully across the page. We eat the fish rolls Mummy usually brings with her and Chitthi gives me a slice of my favourite cake, Swiss rolls. What a wonderful time it is, the best time to be a cherished child.

Although I speak Tamil at home, I become more used to conversing in Sinhalese, as most of our Buddhist neighbours and domestic helpers speak primarily in their mother tongue. Sinhalese is the language I use when playing with Anojan and at my pre-school in the nearby town of Meerigama. There I make many friends from different ethnic backgrounds. Our mums go shopping together after dropping us off at school and rush back to collect us with happy smiles, and tasty snacks.

We live in a quiet neighbourhood, full of familiar faces that greet us with kindness. We are part of the community and if there are any ethnic or religious tensions, I am oblivious of them in my early years. We are no richer or poorer than anyone else, just a normal, happy family, with a house full of laughter and regular social gatherings. Neighbours often meet to celebrate festivals together or invite each other for a friendly cup of tea and sweets. Buddhism is widely practiced and I learn the true meaning of that religion here. People are hospitable, generous and caring, regardless of their situation, following the true teachings of Buddhism.

My family worship at the local Hindu temple, which we call "*Kovil*" in Tamil. The temple is dedicated to the three-eyed goddess, *Pathirakali Amman*, who is considered the destroyer of evil and I look forward to going there dressed up in my silk skirt that is called "*pavadai*". But we also visit the beautiful '*Pansala*' temple with our Buddhist neighbours. I am fascinated by the different festivals of all religions and learn very early on that I can pray and connect with God regardless of where I worship. I see that each of the religions has something different to offer. I love the tolerance and acceptance and the rich heritage of the Hindu faith, with its cohesiveness and communal spirit. But I also admire the hospitality, humility and simplicity of Buddhism. We also have some Muslim friends, Amma's old school classmates. I respect their charitable spirit, although we do not take part in their religious festivals. However, I enjoy having delicious food at Amma's friends' house; my favourite is the dessert '*Vattilappam*'.

In May, on Vesak Day, Buddha's birthday, we join the hundreds who gather to admire the decorations and celebrate the festive season. Nobody seems to mind that we are not Buddhists. Afterwards, while the adults exchange pleasantries and discuss subjects that are beyond our comprehension, the children, slip away to enjoy our favourite games in the backyard. As the busy afternoon turns into a lazy evening we lie on our backs, in the long grass, and try counting the stars. We enthusiastically discuss whether the moon is etched with the form of a rabbit or a lady.

In 1973, I am six years old, when our family moves to Galamuna, in the north-west of the island. Appa has taken up a new post there, and it is not uncommon for doctors in public health service to be transferred every five to six years. My family is eager for me to study in Tamil, which is my mother tongue. But there is no Tamil school locally so the decision is taken for me to continue my education at a convent school in Matale that teaches in Tamil. Just a few weeks after I join, the principal asks my parents to come in to see her. I worry that I must have done something wrong to warrant such an unusual meeting. The thin smile on the principal's lips betrays a sharp and unwelcome message.

"I *think it would be best to transfer your daughter into the Sinhalese class*," she says tersely.

I feel the atmosphere in the room becoming tense and then Amma speaks.

"*Why, what's wrong?*" she asks, while Appa glares, refusing to be intimidated.

"*She speaks Tamil with a strong Sinhalese accent and most of the time she struggles to form a full sentence properly,*" the principal replies.

Amma pleads with the principal to give me a term to improve my Tamil skills and agrees to switch my classes if I hadn't improved in that time. The principal reluctantly accepts the offer, with a look that says we are wasting everyone's time. She is convinced I'm not capable of grasping the language in just three months. There is a tense silence on the journey home until Appa pulls up in front of the ice cream shop. I choose my favourite chocolate flavour and he picks up some extra tubs of ice cream to take home with us.

Shortly after this, Mummy moves to Matale and makes it her mission to teach me Tamil within three months. Mummy is fluent in Tamil, Sinhalese and English, having studied at a private boarding school in Kandy, our island's ancient capital, where she was born. To everyone's astonishment, with Mummy's help, I progress sufficiently to convince my teachers and I am allowed to continue being taught in Tamil.

The entire family is relieved and we can enjoy the annual '*Vettai*' festival in the famous Sri Muthumariamman Kovil which is dedicated to the goddess of rain and fertility. Although a Hindu temple, it is also visited by Buddhists. The celebrations are spectacular, with the streets festooned with bright coloured bunting and garlands. The highlight of the festival is the procession of five magnificent chariots that carry the deities through the town.

At the age of seven, I go to study at Chundikuli Girls' College, a private school in Jaffna, run by British Anglican missionaries. To be a student at the school that Amma and many of my family members attended seems such a natural step for me to take. There I have many opportunities to take part in extracurricular activities, which I am encouraged to pursue by my maternal uncle, Rasa Mama, a celebrated sportsman, who is also well known for his acting in local theatre productions. He races against me in the back garden and invites me to his stage performances.

I live with Mummy in the house she built after she was widowed and where Amma was brought up. It is a local landmark with its cast-iron gate in the design of a girl holding a puppy, which always wins admiring comments from passersby. It also has a huge '*veranda*' (porch) and extensive backyard filled with mango, jack fruit and banana trees. Every morning Mummy styles my hair into ringlets like Goldilocks, which earns me admiration and complements from the adults and occasional teasing from the other children.

When I am sick with chickenpox, Mummy sleeps with me, disregarding the risk of infection – nurturing and loving as always. Mummy is a wonderful storyteller and introduces me to tales from sacred Hindu epics: '*Mahabharata*' and '*Ramayana*', the '*Puranas*' and local literature, including '*Periya Puranam*'. Mummy tells me many other stories too, about herself and our family. Our relationship becomes stronger and we develop a loving bond that will last past her lifetime. I am in awe of her wisdom and love her gentle, soft-spoken nature. To keep me distracted from the discomfort of chickenpox, she tells me about her chequered life.

"I was born on June 12th 1916. My parents' names were Ponnampalavanar and Rajalakshmi. My birth name was Annamma but I preferred to be called Anna. Sadly, I spent most of my childhood at a boarding school because my mother died young. I had a gift for learning and studied in English, which was remarkable for a woman of my generation. In 1939, I married and had five children. But tragedy struck when your grandfather died in May 1952. A young medical officer administered a fatal penicillin injection, overlooking the allergy recorded in his notes.

I decided not to destroy the career of that young doctor and instead chose to forgive him. I was offered many opportunities that matched my impressive (smile) skill set, but rejected them because I wanted to care for my young family myself. I had a one-year-old baby and your Amma was only ten-years-old when your grandfather died. I had no real support system so I took my family and moved back to Jaffna, my native town. Here another chapter of my life began. I managed to send my children to private school despite my financial struggles. This, I am proud to say, enabled them to live a comfortable life," Mummy says.

I have nothing but admiration for Mummy's bold nature, courage and unwavering commitment to her children. I learned that her struggles continued when one of her son's ability to speak was delayed — he only started to talk at the age of ten. She was devastated when he dropped out of school because of being bullied. Then her youngest son, my Ravi Mama, accidentally put a tamarind seed in his sister's ear while they were playing; fearing their mother, they tried to remove it themselves, resulting in the eardrum being damaged and affecting her hearing for life. As a single mother, barely into her thirties, not only did she have five young children to care for, two of them needed constant specialised care. I can only imagine the burden she had on her shoulders. She overcame all the challenges that life threw her way with an indomitable spirit and unwavering resilience.

Mummy is well ahead of her time in terms of her religious beliefs and philosophical thinking and has a deep knowledge of different religions and cultures. She is more spiritual than religious, respecting all faiths. Mummy is a Hindu by birth, but she learned about different faiths from her teachers and classmates. She says there is only one God and that all religions teach us ethical and moral values as a way of living. Mummy explains this to me by comparing it to how each person addresses their father differently:

"*You call your father "Appa" but your Amma calls her father "Papa,"*" she explains.

Mummy celebrates all religious festivals, believing that piety is not the key aspect of practicing religion, rather it is about helping anyone in need and ensuring the happiness of everyone around you. I feel blessed that I am taught these fundamental principles at a very young age and I know they will always stay with me. It is an idyllic childhood in a "Blessed Island".

My country is a land with many names. To the British, it was Ceylon, which came from the earlier Portuguese name, '*Ceilao*'. To the majority Sinhalese population, who were mainly Buddhist, it was known as '*Brithānya Laṃkāva*'. To the Hindu-Tamil minority it was '*Birithaniya Ilangai*'. Its present-day name is the Democratic Socialist Republic of Sri Lanka, which came into being in 1972, when I was five years old, living in Wewaldeniya. In Sinhalese Sri Lanka means "Blessed Island".

The island is also home to a significant number of people from other ethnic backgrounds, including Muslims, Christians, Malays, Veddas, Chinese, Africans and the Burghers. The Burghers are the descendants of mixed relationships between native Sri Lankans and the many Europeans, who conquered the island over the centuries. The Tamils can be subdivided into native Sri Lankans and those of Indian origin, who are the descendants of workers brought in to work on the tea, coffee and rubber plantations.

In my early years, I thrive amongst this diversity, knowing nothing of the rising political tensions around me. As I laugh and play and enjoy my safe and happy childhood, the seeds of an unimaginably brutal ethnic conflict are being sown. Our nation is a gunpowder keg just waiting for a spark to set it off.

On July 27th, 1975 I am eight years old and have my first terrifying glimpse of the political turmoil that will soon engulf my country. The headlines are dominated by the news of one of the first political assassinations in the island's history, and although I don't understand what is happening, I am alarmed by the sight of Amma weeping as the voice on the radio reveals the details. The dead man is the Mayor of Jaffna, Alfred Thambirajah Duraiapah, and the father of one of her best school friends.

Within months, the loosely formed bands of youths who carried out the murder begin organising themselves into a separatist group who will become known throughout the world for their guerrilla warfare techniques. Tensions that have always existed, rise to the surface and soon reach a breaking point in the Tamil-dominated regions, and the country hurtles towards an all-out civil war. The rebels demand an independent state to be called '*Eelam*', in the northern and eastern parts of Sri Lanka, where the Tamil population is concentrated. But in my young world, I continue to be cocooned in my innocence and know only love, peace and happiness.

Childhood Interrupted

"It is not our differences that divide us. It is our inability to recognize, accept, and celebrate those differences."
~Audre Lorde~

I am nine years old when Amma, Anojan and I move to Trincomalee, while Appa continues to work in Galamuna. Trincomalee, "Lord of the sacred hill" is famous for the site of the Koneswaram Temple, one of the holy sites in the Hindu religion. It was previously inhabited by the Portuguese, who destroyed the original temple and built a Christian church and military base there. Later the Dutch took over, the French and, then, the British occupied Trincomalee and the site of the Koneswaram Temple. The British however allowed religious ceremonies to be held there once again. When the British left in 1948, the temple was finally returned to Sri Lankan hands for the first time in more than three hundred years.

The only people we know when we first arrive in Trincomalee are one of Amma's old school friends, Rukmani aunty, and her family. They are very hospitable and their children immediately make me and Anojan feel welcome. Soon, we are able to rent out a house nearby, in Anuradhapura junction, and I go through the familiar ritual of beginning a new year at a new school, Sri Shanmuga Hindu Ladies' College. It is run by Miss Visuvalingam, an inspirational leader, who has devoted her entire life to the school's development. Being the first child in the family to attend a Hindu school, I am eager to drink in our religion and culture. As my teacher asks everyone to introduce themselves to their new classmates on the first day, I notice the shoulders of the girl in front of me begin to tremble and shake. She weeps when the teacher asks her what's wrong and says, "*My father passed away during the holidays*".

The teacher puts her arms around the distraught girl and tries to console her, without success. The other children continue telling their names and soon it's my turn. When the bell rings for break time, children eagerly rush out into the playground and the air is filled with the sound of cheer and laughter. I stay behind and slowly make my way over to the crying girl, who is called Shyamini. I take her hand and offer to be her friend. This moment is the beginning of a lifelong friendship between us and our families.

Another girl, Vinita, takes a dislike to me, hating that I am popular with the teachers and find friends from within her circle. She tells me I don't belong here and should go back to my previous school and she takes every opportunity to put me down. However, as time passes, I begin participating in the same extra-curricular activities with her circle, such as joining two of her cousins in a dance group for a school performance, and we become friends. This friendship teaches me that sometimes we create relationships with those we least expect to.

During our first school holiday after moving to Trincomalee, we visit Galamuna to stay with Appa. Our visit is filled with fun and games, making friends and enjoying my favourite sweet, '*kavung*', to my heart's content. I visit a teacher who lives in the neighbourhood and is well versed in both English and Sinhalese. She is kind and generous and blessed with a gift for passing on knowledge to children without them realising that they are learning. She explains effortlessly and in simple terms that I can understand how to decode the mysteries of English grammar. She even gives me a spelling book, which I use as a guide throughout my schooling, whenever I am confused about the peculiar eccentricities of the English language. Life seems so peaceful, despite the news bulletins reporting isolated incidents of violence and political tensions.

But at the end of my holiday, in 1976, the fighting that has seemed distant to me suddenly becomes devastatingly real. It's a sunny day as Appa drops us off to board the coach back home. He introduces us to the Sinhalese driver and then stands waving cheerily as we begin our journey. Sinhala folk music blasts from the speakers above our heads as I scan the pages of my new book. But I become lulled into a half-sleep by the motion of the vehicle. Suddenly, the coach slows down, and jolts to an abrupt halt. It is clear something is very wrong and the driver's assistant hurries towards us. "*We have been stopped by men with knives and sickles,*" he whispers to Amma, his words delivered with precision and urgency. "*They want to kill all the Tamils on board – cover your head with your saree and pretend to be a Muslim.*"

Amma immediately obeys his directions and covers her head with her saree and he disappears hastily, as if it is dangerous to even stand near us. Perhaps he wants to avoid drawing the gang's attention to us - their prospective quarry. There is hatred in the eyes of the armed men sweeping around the outside of the coach, their weapons held threateningly in the air. We hear the sound of angry voices and the stench of hatred seeps in through the open doors and infects the air we breathe. Amma whispers to Anojan and me in a hushed, shaking voice, telling us to pretend to be asleep and not to move, regardless of what happens to her. "*Remember that I love you and don't open your eyes,*" she implores us.

We hear the driver speaking to the gang's leader, who has now boarded the bus

"*There are no Tamils here, sir*" he tells him, "*only a few Muslim women and children.*"

By protecting us in this way, he must know he is putting his own life in serious peril. We hear the footsteps come closer and although my own eyes are tightly closed, I am aware of him stopping beside us. There is a chilling silence that I pray won't be broken by the hideous burst of gunfire ending our lives. The footsteps pass, becomes louder again as he comes back up the bus and then they fade away. Then the ancient diesel engine shudders back into life. The driver thanks the men for allowing him to continue the journey and the coach roars onwards.

I dare to peer back over the rim of the window and see the trees and tiny houses begin to disappear in the distance. Amma barely speaks until we reach Trincomalee. We collect our bags from the rack above our heads and get ready to leave. But before doing so, Amma thanks the driver and his assistant fervently and we join in, knowing that without him, Amma – and perhaps we as well – would not have made it home. The kind driver breaks into a gentle smile and warns us to take care on our way back home.

Amma is still shaking when we return to the house and describes the day's events to Mummy, who is shocked and horrified at what she hears. She squeezes us so tightly it hurts and nobody sleeps until late that night, when exhaustion takes over.

I'm puzzled by what happened during the journey and have so many questions in my mind. As I take stock of the sombre mood at home, I say nothing almost fearing my questions might make the ordeal even more painful. As I lay awake well past our usual bedtime I try hard to push the question to the back of my mind "*Why were we targeted? Why did they want to harm us?*" No one ever speaks about this experience again, as if it never happened.

After an hour of tossing and turning trying to contain the questions within my mind, I open my eyes and see Mummy reading a book. I speak up *"Mummy, "Why were those men angry with us? Did we do anything wrong?"*

Mummy looks at me kindly, and says *"Not at all. The problems are nothing to do with you. Everyone wants to live in peace going about their lives without fighting with each other. It is complex and the situation is the result of breakdown in communication, understanding and people refusing to let go of what happened in the past."*

Mummy looks at my blank, uncomprehending face and explains:

"Do you remember how you and Anojan fought over the crayons Chitthi had given you? When Anojan cried you felt sad for him and gave him the entire box of crayons, and later both of you shared the crayons to complete the colouring together. If you were unwilling to share or let go of them, the outcome

would have been very different. Neither of you would have been able to colour."

I nod my head. Now I understand what Mummy is trying to explain.

Amma's relief at surviving our brush with death is only temporary. She has heard nothing from Appa and there is shocking news on the radio of bloody anti-Tamil riots breaking out in the area we have come from, where life seemed so peaceful just a few hours earlier. It follows a general election in which many Tamils supported the Tamil United Liberation Front, who are seen by the Sinhalese as having close links with the Tamil separatists. We tune into the radio and hear how the violence is spreading and that many are feared dead. Mummy consoles Amma in a soft voice, trying but failing to ensure we don't overhear her.

"*Don't worry, he will be safe,"* she says. "*He has good neighbours*."

For weeks, we have nothing more than such hopeful words to cling to as we pray that Appa hasn't become another number in the rising toll of victims, as thousands of Tamils are killed in merciless reprisals against the raging insurgency.

I'm woken up by the sound of voices and rub my eyes to make sure I'm not dreaming. Appa is looking down at me with his familiar grin and sweeps me into his arms and crushes me in a big bear hug. He then hands me a bag of my favourite sweets. It's as though he has only been out to the local shop. In fact, almost a month has passed since we last saw him and our faint hopes were giving way to a growing fear that we would never see his kind, smiling face again. We celebrate his homecoming with delicious food, lovingly prepared by Mummy.

We listen late into the night as Appa recounts how his brave Sinhalese colleagues slept at his residence to ensure his safety, sustaining him night after night with food, and affection, as bloodthirsty Sinhalese mobs roamed the town seeking out Tamil targets. He sadly remembers the days of his childhood when all Sri Lankan's were a united and undivided family, in spite of their many differences.

I listen intently to what Appa is saying and ask him how the trouble started. And he explains, "*When Sri Lanka became independent from the British Rule Tamils felt excluded from the government, which was dominated by the Sinhalese majority. After eight years, when Sinhala replaced English as the island's only official language, Tamils in the island perceived this as an act of discrimination. That's the reason Mummy and I studied in English whereas you are studying in Tamil now. The new laws forced many Tamils to resign from their government jobs. Thousands died in the riots that followed and chaos ensued.*"

I try to understand what Appa was saying about Sri Lanka's history, but I was unable to fully grasp the depth of it.

We are just happy that Appa has been spared and full of admiration and respect for the good people who acted so selflessly and risked their own lives to protect him. But Appa's eyes don't seem to shine as brightly as they did before. He looks tired and frail and older than his years.

Soon after, Appa takes charge of Thampalakamam divisional hospital, about twenty kilometres outside Trincomalee city, and our family moves into the doctors' quarters there. We are so happy to be together as a family again. Amma and Mummy love to read *Woman's Era,* an Indian magazine in English. We also subscribe for the *Reader's Digest*, which I don't make use of as much as I should, instead I spend my free time devouring the books of *Ramani Chandran*, the Tamil equivalent of *Mills and Boon.*

Anojan and I travel to school from Thampalakamam to Trincomalee on the six-thirty bus every day. I am often late and can be seen scurrying to the bus stop carrying my shoes in my hand. Anojan tells me he will buy his own bus one day. He always wants to sit beside the driver and enjoys the thrill as it overtakes the other vehicles.

On my tenth birthday we celebrate Ravi Mama's, civil wedding ceremony. Amma, Chitthi and all my other aunts are like iridescent peacocks, dressed in colourful silk sarees and glittering jewellery. I am thrilled when mummy hooks a gold necklace around my neck. I wear colourful glass bangles that jingle as I move around. My birthday is not forgotten and I take centre stage and have my own cake at the feast.

Appa makes plans to build our perfect family house, in a picturesque location in the wealthy suburb of Orr's Hill, with views of the ocean on three sides. This has been his dream for many years. He has always loved making Styrofoam models, inviting us to critique his creations and choose our favourite design. Finally, he settles on a plan that has all our approval and the building work begins. Amma oversees the daily construction work while Appa manages the whole project, discussing any alterations needed and redesigning each phase before giving the go-ahead to the builders. Mummy is also closely involved with the project and before the construction is complete, she along with my Chitthi and my uncle Baba Mama, move into an annexe, which is the first building to go up on the site.

Baba Mama has difficulties with his speech and is single. Living with him brings an early awareness of the lack of help available in Sri Lanka for people who have special needs. Chitthi is also single – her fiancé died when he fell and struck his head on a sharp stone as he was getting off a bus. For us, family means Appa, Amma, Mummy, Chitthi and Baba Mama. Orr's Hill is much closer to school, so we start spending more and more of our time with Mummy, enjoying once again the delicious varieties of dishes and sweets she prepares every day.

Although Appa is a doctor, he is entrepreneurial by nature and opens a textile business and a tailor's shop next to it called '*Anoca*'. Amma drops us off at school every morning and then helps him manage the business. The extra money my parents earn from this business enables them to go on a cruise and I am the envy of my friends when they bring me back a red Chopper bicycle from Singapore. I love my new bicycle, with its distinctive motorcycle-style handlebars and mirrors and a shift gear stick on the crossbar. Anojan's gifts include a Meccano construction set, but I am the one who is fascinated by its wheels, axles and gears and my parents help me assemble all kinds of wonderful vehicles and machines with it.

At school I enjoy playing in the netball team and take part in many games, but sport is not my forte. I love the performing arts more, especially drama and dance. I learn Bharatanatyam, a classical dance form that emerged from the Hindu temples of India's Tamil Nadu state. Ms Sushila Corera, is my Bharatanatyam teacher, who is very dedicated and talented. The school regularly put on performances and we entertain devotees during our temple festivals. Amma takes such keen interest in my concerts that she even travels five hours to Jaffna, to buy me a saree with exactly the right colours for an important concert. But during the performance, I sprain my ankle and Appa has to carry me home afterwards.

I learn to play the melodica and piano accordion from the most soft-spoken teacher, Mrs Devasayagam and I very much enjoy being a part of the school band. Sometimes the Rotary Club of Trincomalee organises competitions and I am thrilled if I can manage to win a trophy. Emmanuel Uncle, our neighbour, is a singer at Radio Ceylon. He treats me as if I were his own child. Whenever he sees me, he stops to buy me sweets and often invites me over to eat my favourite crab curry. He even includes me in the junior band he has formed for his children, who are all musically gifted. We go to Colombo to make a recording and give a stage performance in front of a huge crowd in Trincomalee, backed by well-known local musicians. Most evenings we play board games such as Monopoly and Lexicon or card games, as Appa and Mummy are keen bridge players. Anojan is very competitive and always wants to win, but Amma who is his usual partner does not care if she wins or loses. Appa is my partner and shows them no mercy. Amma and I often become distracted with our chatter and get told off for not focussing on the game.

I enjoy my studies and am a perfectionist, the kind of child who cries if I don't get a perfect score. In 1978, I am thrilled to pass my scholarship exams, which are similar to the English 11-Plus. When I return home, Amma is entertaining a guest and I utter a polite "*Excuse me*" before whispering the good news into her ear. We celebrate for a week.

The scholarship means I can go to Vembadi Hindu College in

Jaffna, as a boarder. This also means I will be closer to Appa's mother, two sisters, his brother and their families for the first time. I stay mainly with his older sister Thangachi Mami (which means sister aunt, which I think is a very silly name indeed). She has two sons, Mahindan and Sukanthan. Mahindan is good at art and helps me draw the inner workings of the ear for my science class. Appa's younger sister, Indra Mami and her husband are teachers and they too have two sons, Gobi and Senthu. I'm the only girl in Appa's family. They are all kind to me but they're not the family I've grown up with and I feel like a lost sheep.

I'm not given much time to adapt. I've only been there for two terms when the principal tells Amma, I am settling well but don't seem to be eating properly. Appa says there's no point being in a good school if I don't eat healthily and decides to move me back to Trincomalee, where I enrol in the Methodist Girls' College. Our principal, Mrs Gunaratnam, is a devoted headteacher who works tirelessly, to ensure all the students achieve excellence in academia, performance art alike. Here, I become involved in even more extracurricular activities and often, when Amma comes to collect me she and Anojan end up waiting for me to finish my activities. I am very proud when I become the head girl.

I also enter all the public speaking contests for schools. My teacher, Mrs Kumarathasan, gives up her own time to coach me at her home to help me improve my speeches. To encourage Anojan and me to speak in English, Appa gives us a speaking lesson every weekend. Our hard work is rewarded when I win the national finals for year-eight students in a competition in Jaffna. Amma is so proud and shows off my trophies and medals to everyone who visits.

Appa works most of the time but always tries to be there to see me participating in school shows and other special events. Amma is the one who puts in the hard work to support my education, so much so, that she knows our syllabus for each year inside out. She even familiarises herself with Hinduism, which she didn't study as a subject, to help Anojan and me. She is so keen that she will greet us at the gate when we come home after exams, eager to know how we fared.

Shyamini, Sivajini Komathy and I become inseparable friends and my social life flourishes. We hang around and go shopping together and Sivajini even has a home cinema room where we can watch films after school. As long as we have one of our mothers as an escort, we are allowed to visit the city's golden beaches to build sandcastles, with the promise of an ice cream treat at the end of a long afternoon in the sun. These are the halcyon days. For my generation, the carefree days of youth will be abruptly cut short and we will be forced to grow up far too quickly.

An Island Divided

"Peace *cannot be kept by force – it can only be achieved by understanding.*"
~Albert Einstein~

On June 1st 1981, violence is directed at the Jaffna Public Library, the symbol of Tamil civilisation in Sri Lanka. As the news spreads about the beloved library being burnt down, there is shock and disbelief amongst everyone. The library was an impressive building, distinguished by its design that followed early Dravidian architecture. It housed close to a million irreplaceable books, parchment scrolls and Tamil palm leaf manuscripts.

We tune into the news and listen to the details of how it all unfolded and the extent of the damage the fire caused. The commentator says, *"After a riot during which two policemen were shot dead, their fellow officers and the paramilitary carried out widespread revenge attacks, destroying businesses and Hindu temples and murdering any innocent Tamil who stood in their way."*

As the library continued to burn for two days Tamils throughout the country mourn the loss of their cherished heritage. The gunpowder keg has been lit. In the weeks and the months that follow, we hear about the sickening cycle of attacks on the military and reprisals against the Tamil community. Evening curfews and house-to-house searches by soldiers become more frequent each one a terrifying ordeal. When it is our turn, the knock at the door heralding the arrival of the troops is greeted with fear, even though we have nothing to hide. We cling together in silence as our belongings are carelessly scattered, every cupboard and wardrobe and even the toy-box is emptied in the hope of finding weapons hidden inside. It takes us days to put everything back together and before long the soldiers are back to do it all over again.

After every separatist atrocity, another 'round-up' begins and some boys we know disappear, often never to be seen again. Each day brings more news of friends or neighbours who are missing, injured or dead. We can only hope, pray and do our best to help each other, not knowing who will be next or when we will see the end of this senseless spiral of violence and bloodshed. The country is marching obstinately towards a full-scale civil war between the Tamil militants and the government with peace nowhere in sight.

The summer of 1983 begins peacefully enough. Our family enjoys the school holidays and the pleasure of each other's company as we relax in the tranquil surroundings of Orr's Hill. The peace is temporary and the precursor of unimaginable violence. The events that follow become known as Black July, an infamous period of carnage that stands out even in Sri Lanka's appalling history, for the unspeakable suffering and destruction that characterises it.

Once again, the violence is triggered by an attack on the security forces. This time the separatist's ambush leaves thirteen soldiers dead. Everyone knows that retaliation will soon follow. Anti-Tamil riots begin in Colombo on the night of July 24th, after the soldiers' funerals, and quickly spread to the rest of the country.

The following night our family celebrates Anojan becoming a teenager. We try to insulate ourselves from the violence and attempt to push it to the back of our minds for a little while. We can however sense the worry and the tension in the hushed tones of the elders, who think we can't hear them. Regardless of this, we are soon enveloped by the party mood and continue having fun with our friends. While we are distracted by the festivities, my parents decide to return to where Appa is now working, the town of Thampalakamam, to resume his duties. Later that night we realise just how bad the situation has become and learn about the shocking scale of casualties.

The next day, a curfew is ordered and all transport links are cut off. Normal life is put on hold and food is rationed. We begin to run out of essential commodities and have to cope without electricity for many hours. We have heard nothing from our parents and the terror creeps ever closer. From our upstairs window we can see the night sky lit up a ghastly mix of red, a burning orange and a sickly yellow as homes are engulfed by deadly flames. Soon acrid smoke shrouds the entire neighbourhood. It is hard to say which is more frightening, the sight of the fires themselves, edging menacingly through the town, or the anguished, almost inhuman cries of the desperate people consumed by the flames. We huddle together in fear and helpless silence. The aftermath is devastating to see. Many people are missing and burnt-out buildings litter the landscape. People frantically search the rubble for loved ones and help the refugees. We gaze into the bright blue sky in the daylight and wonder if our parents are safe.

Mummy and Chitthi work wonders with the meagre resources available to cook our favourite dishes, trying hard to distract us, and to hold on to their own fragile sanity. But as the weeks pass by without any news from my parents, they cannot hide their mounting anxiety. When I wonder aloud whether I will ever see my parents again, nobody answers. We lie awake, waiting as the flames continue to engulf our neighbourhood night after night, listening to the sirens and wondering who has become the latest victim. We are all terrified, some have lost children and others have seen loved ones disappear.

Despite everything, our community demonstrates remarkable cohesiveness. We are angry and upset but are always there for each other. During the brief daylight lull, concerned neighbours and friends come around to ask if there is any news of our parents. Then, as darkness falls, the deafening noise of the gunfire and sirens begin again and we lock ourselves indoors, trying to muffle the horrendous din. We try to stay strong and not to worry Mummy any more than she already is. I learn to mask my emotions and the turmoil I feel within as I make everyday conversation with the other children during a brief venture into the uneasy calm that comes once again with the rising of the sun.

"*Do you think your parents are dead?*" a boy from the

neighbourhood asks me almost casually. Perhaps children find it easier to say what adults will only think, without the need to filter or take account of sensibilities. Suddenly, a young girl comes running towards us.

"*Hurry up!*" she shouts. "*Your grandmother wants you to come home immediately.*"

I want to finish my game before leaving but she repeats her demand, this time with even more urgency. Without looking up from the game, I ask her sarcastically if the sky is falling.

"*You're right, it's nothing special.*" replies the girl, mocking my offhand tone.

"*It's just that your parents are here, that's all.*"

I apologise and hug her, instantly forgetting the heat of our exchange, and I begin running home as fast as I can. I am breathless and my eyes well up with boundless joy as I see my parents alive and safe after two long months. I can feel their delight and relief as they cuddle us closer. They have brought bags of everyday essentials, enough to last at least a couple of months, not knowing when, if ever, the situation will return to normal. For once, I can't be distracted by my favourite chocolate or cookies. Instead, I sit between my parents, compensating for lost time and constantly glance at one, and then the other to make sure they're still with me. The elation of being reunited is tainted by the fear that the ongoing war could tear our family apart at any moment.

We never know what tragedy will visit us next and there is apprehension when the telephone rings early in the morning.

"*This can't be right!*" we hear Amma gasp. "*Are you sure? We met him only a few days ago when he was on his holidays.*"

She puts down the phone, visibly distressed, and we gather nervously to hear the bad news that is becoming all too common.

"*About a dozen students have been shot dead at the university campus,*" she sighs. "*I'm afraid Kumar is one of them.*"

I just can't understand why anybody would want to kill innocent students, especially one as full of life and love as my friend Kumar. I spoke to him at my friend's house just a couple of days earlier. He was a kind, happy-go-lucky youngster who was always eager to help anyone he could. We visit Kumar's family to offer our support and sympathy at this difficult time and when we arrive, the room is filled with despair. "*It looks like he was just in the wrong place at the wrong time,*" an elderly relative says, with a sad shake of his head.

We can see that Kumar's mother is clearly not coping well, denial clear in her speech and demeanour.

"*He is gone and I don't know how to get it through to her.*" says Kumar's father, looking at his wife, with tears rolling down his cheeks.

"*It's all a mistake, why are you all crying?*" Kumar's mother snaps back. "*There will be a perfectly simple explanation. We all know how mischievous our boy can be – he will turn up soon and tell us he's just been with his friends.*"

I can see Appa struggling for words as Amma turns away to wipe her eyes.

"*We need to approach her with care, so we don't worsen an already delicate situation.*" Appa says quietly. "*Kumar's mother is psychologically fragile and incredibly vulnerable. It's best to give her some time before we approach this subject.*" he adds.

Everyone seems to agree that this is the best thing to do and Kumar's heartbroken sister, Sarojini, nods her head, tears rolling down her cheeks. She has not only lost her only sibling in unthinkable circumstances, but has instantly become the carer of her mother, who totally refuses to accept the loss of her son. This makes the tragedy the family has suffered even more difficult to bear.

The escalating violence also plays havoc with our education. The school that was once a haven of childhood happiness and innocence becomes the place where our generation gathers to live out our fears about the conflict unfolding within our midst. Instead of enjoying the opportunities and experiences life has to offer, our most precious years are increasingly dominated by anxiety and anguish. We are not sure whether lessons will take place at all and if they do, under what conditions. Schoolmates often gather in the mornings with horrific stories about someone they had known being killed, raped or having gone missing.

One day our teacher interrupts our netball game and calls everyone back into the classroom. We are confused as we come in, and we grumble about our playtime being cut short. The teacher steps forward and signals us to be silent. She calls out for Harini, wraps her arms gently around her and takes her outside the classroom. We hear Harini's scream, *"No, no, not papa."* We hear her sobbing hysterically. We are anxious for her. We are also overcome with mixture of confusion, concern and curiosity, wondering what has happened and whisper possibilities amongst ourselves.

Our teacher returns and there is pin drop silence as we listen to her say,

"I am sorry to inform you that Harini's, father has been killed on his way back home after dropping her here. The bus was attacked and he was one of many who were killed in that attack. Our PE teacher, Sudha, was in the coach. She escaped by lying amongst other bodies, pretending to be dead. Thank God she managed to escape. If not for her, we wouldn't have known about the plight of Harini's dad for days. I want you girls to be supportive and understanding. She is going to need all our love and kindness in the next coming months."

There is absolute silence. Even after all the horrors we have experienced and heard of, we are all deeply shocked to see the war intrude into the sanctuary of our classroom in this way. Harini is staying at the boarding school far from her home city, Jaffna. There is no family with whom she can share this most harrowing experience. The school is given half a day's leave for Harini's father's funeral. Our class teacher accompanies us with Harini's belongings so that we can offer our condolences. We search for and fail to find words to console her. We feel helpless and lost, unable to offer any comfort. The sight of my friend's, contorted face frozen with sorrow will be forever be etched in my mind.

Harini is her father's only relative at his funeral. I glance furtively in her direction and am filled with admiration for her strength and dignity, a grief-stricken child determined not to let her father down. I wonder whether I could ever be as brave as Harini, if I was in her shoes. She immediately returns to her studies but is unable to rejoin her surviving family for several weeks and instead stays with the family of one of our friends. In the days that follow, her friends, their families and the school staff offer all the kindness and generosity they can. I still struggle to speak to her, unable to confront the unimaginable torment she is going through.

We witness houses and other buildings being ransacked, looted and razed to the ground around us, and people losing all their worldly possessions overnight. The school is repeatedly closed for days on end. With our General Certificate of Secondary Education (GCSE) just months away, the authorities are unable to guarantee our safety and there is an indefinite closure of the school, as the bloodshed continues to tear our country apart.

At first, we enjoy the unexpected freedom and are happy to play board games and chat with our friends all day. But as time passes we become apprehensive about our education. If we're not able to sit for our examinations, the repercussions will affect us all our lives. Rumours begin to circulate about them being postponed, and we have missed so much of our education that we hope that the rumours are true. But just a few weeks before the exams begin, there is a lull in the violence and the schools manage to reopen.

Slowly we return to a close-to-normal routine and try to make sense of everything we have seen and heard and cope with reality as best we can. Although we are relieved, there is also a deep sense of sadness and grief for our classmates trapped in dangerous areas and unable to return to lessons – and for those once happy, smiling friends who we will never see again, because they are either dead or have joined the endless wave of Tamils fleeing the country.

On the day, GCSE results are announced, we find most of us have done well, despite the war. There is no celebration, instead, a sombre, thoughtful atmosphere prevails. We know we are the lucky ones. We are among the few who were able to sit the exams and progress towards a future. Many young Tamils are drawn into militant groups and trained to avenge the atrocities committed against their friends and families. The divide between the island's two main communities has become a vast gulf and there is little sign of reconciliation.

Shattered Dreams

"Faith is the strength by which a shattered world shall emerge into light."
~Helen Keller~

In September 1985, I am on holiday with my friend Shyamini's family, in the city of Batticaloa, on the eastern coast. After two years of war, a tentative truce fans our fragile hope for peace. The truce however cannot be sustained as the talks break down amid bitter recriminations. The conflict escalates dangerously once again and we are forced to stay for over a month in a place that is not our home because it is too dangerous to return to Trincomalee. I am treated with such kindness and generous hospitality by my friend's family that I feel I have gained a new extended family.

There is a curfew in place and we are housebound, so we watch every moment of the cricket series between Sri Lanka and India, witnessing the historic moment when our team tastes its first victory on home soil. Most Sri Lankans are obsessed with the game and we are no exception. We fill the rest of the time playing board games and watching movies. But, despite the care and affection showered upon me, I can't help but wonder when I will be able to go back to the familiarity of my own home.

By the time we are finally able to return home, a lot has changed. Anojan gets me up to speed with what's been happening with families around. I'm disheartened to realise how the effects of war is being accelerated with time and getting closer to us by the day. Appa gathers us around the round wooden table where all family discussions take place and I worry what's going on. His thoughtful expression tells us instantly that he has something important to share. We fall silent as my parents look at each other solemnly before Appa says,

"I have decided to retire early from the public health service but will continue as a doctor, in my own clinic. It isn't safe for us to keep moving between different towns all the time in the current political situation."

As I listen to Appa's plan unfolding, I realise that the entire course of all our lives is now being dictated by this awful war. However, I am happy that Appa will be living with us permanently and we will be together as a family after such a long time. Appa opens a private medical practice in Trincomalee despite of the worsening political climate, and for a while he serves the community in the only way he knows.

We celebrate my eighteenth birthday on a rare bright November day, in the midst of the monsoon season. As I open my eyes, I am ecstatic to see my gifts, a beautiful red dress with a stunning pair of earrings to go with it. I enjoy my favourite breakfast and am given more goodies and gifts to unwrap. We welcome family and friends and I am delighted by the arrival of unexpected guests who have travelled especially to be with me to celebrate this milestone in my life. The evening stretches ahead of us, precious time to spend with my loved ones, friends and neighbours. Amma has baked a huge cake in the shape of a ship and on it I pipe icing in my favourite pink colour. Soon, only a few scattered crumbs are left as a testimony to Amma's baking genius. It is the perfect birthday in every way.

Living in Trincomalee feels stressful, almost like walking on a tightrope. Appa's practice is targeted by arsonists because of our ethnicity, The reality of war encroaches upon our family once again. We are all shocked that this happened. Appa's patients are equally from the three communities and he is popular with all of them. Nonetheless, we are grateful that he escaped with his life. He reassures us that all will be well and patiently sets about rebuilding the practice from scratch. There is another brief flicker of optimism as things return to normal for a few weeks. However, to everyone's dismay, the practice is attacked again and this time badly vandalised. Other families that we know suffer far greater hardships and many more civilians are killed. The latest victims include the father and brother of Anojan's friend Siva.

"*Only their bones were found, Amma,*" I hear Anojan sobbing. I rush into the room and see his pale face. He takes a moment to compose himself and continues telling Amma what happened. "*They were in Jaffna visiting his elderly grandmother when an airstrike began. They must have decided they couldn't abandon her. When Siva's mother heard nothing from them, she went to find them and was finally able to reach the city a month later. There she found the three decomposing bodies in the bunker that was supposed to protect them from the shelling.*" It's hard to even listen to the harrowing details and I can only imagine that poor mother's heartbreak. How can anyone ever overcome a loss such as this? Even at my tender age, I am learning to value life and safety over materialistic belongings.

Tension rises between Sri Lanka and the neighbouring nation of India, who are accused of fuelling the ongoing conflict by providing arms, combat training and financial support to the rebels. In the summer of 1987, Indian Prime Minister Rajiv Gandhi is said to be concerned about the endless influx of desperate refugees from our shores into Tamil Nadu and the two countries sign a peace accord. The agreement heralds the arrival of the Indian Peace Keeping Force (IPKF), whose mission is to disarm militants and help maintain a ceasefire in the north and east.

There is hope amongst Tamils that the IPKF may at last be able to restore harmony in our war-torn island. Tamils in Trincomalee are filled with enthusiasm and hope as they wait for hours on end under the burning sun to welcome the IPKF. They offer drinks and food packages to the arriving soldiers. I am swept along by the almost festive atmosphere, joining in the cheering as the forces make their way into the town. Troops are stationed opposite our house and we become accustomed to the continuous presence of the IPKF guards.

We are grateful for the presence of our protectors. But once again, this peace is soon shattered. In July 1987, the separatists carry out the first of many suicide attacks, as they switch tactics. The hundred thousand Indian peacekeepers are not able to quell the conflict, but they also get drawn into fighting the separatists they had once given surreptitious support to. The presence of the Indian military on Sri Lankan soil is deeply unpopular with the Sinhalese majority too.

By 1988, the popular nationalist opposition campaigns vigorously against the Indo-Sri Lankan agreement and the following year the situation deteriorates into unmitigated chaos. Despite the rising toll of the wounded and the dead on both sides, Indian Prime Minister Rajeev Gandhi refuses to admit defeat.

One evening a neighbour comes into our house with worrying news.

"*The police have stopped some boys at the junction.*" she says. "*One of them was wearing a red T-shirt – it was hard to make out who he was because the police were all around them but…*"

Amma listens intently and asks me to check who is knocking on our door. I open the door and stare apprehensively at the policeman on the doorstep. I call for Appa and when he arrives at the door, it is clear they know each other. The visitor removes his cap and takes a seat next to Appa on the veranda and I walk back into the house, feeling relieved that he is not a threat to us. But soon I hear my parents whispering to each other and Appa leaves in a hurry.

"*Don't worry, Menaca, your brother will be home soon.*" says Amma. "*They have taken Anojan to the police station to help with their enquiries. The kind officer knows Appa and came here to inform us before it is too late.*"

I look at her in disbelief. I am terrified that Anojan will join the long list of boys who are never to be seen again, after being rounded up in this way. I am baffled because I can't think of any reason they would take my brother. The fear that I will never see Anojan again threatens to engulf me. A few agonising hours pass by before we hear the sound of a car stopping outside and we rush to see Appa and Anojan walk through the gate. I am full of questions but Appa signals for me to be quiet.

"*Let's have dinner,*" he says. "*Anojan must be hungry.*"

We do our best to eat, but nobody can focus on the food. Eventually, Anojan explains that the police were suspicious about cuts on his elbow caused by a fall while playing cricket. Appa hardly says a word and then an unfamiliar hush descends on our dining room, making me feel uneasy, as though something bad is going to happen. After the meal, we move to the living room. Finally, Appa tells Anojan,

"It's best for you to go and live in Kinniya for a while. I have already made plans for you to stay with a Muslim family, where you will be safe. Once things settle down, I'll come and bring you back home."

Anojan looks shocked, but he knows Appa is doing this out of love. He agrees and nods obediently, but I am heartbroken by the sadness in his big brown eyes. That night Appa drives Anojan to Kinniya, twenty kilometres away from home. In the weeks that follow my parents visit him whenever they can, taking food and clothes. Instead of becoming safer though, the rounding-up and disappearance of boys increases and begins spreading to even the remote areas. We are shocked to learn of death squads roaming the land, hunting down, kidnapping and sometimes murdering youths suspected of sympathising with the separatists. Soon the decision is made to move Anojan further away, to the capital, Colombo, on the other side of the island. A few other families decide to do the same to keep their sons safe. All the boys are now living together in Colombo. Amma and the other parents regularly travel to Colombo, which is more than five hours drive away, taking turns to bring the boys' clothes home to be cleaned and ironed. The rending apart of my family has begun.

Is the conflict around me getting worse? Maybe, I am becoming increasingly aware of the gravity of the situation as I grow older. I begin to wonder if events, such as the disappearance of boys after they are taken in for interrogation, have always happened or whether our nation is spiralling out of control. The adults around us go to extraordinary lengths to make our childhood as normal as possible. They attempt to shield us from the terrors of the raging war to help us reach our full potential. We often gather in our neighbourhood and play games together, share stories and just try having fun to achieve some normalcy.

Although we are living through such dark days, and many families have seen members killed, go missing or flee, like Anojan, to safer areas, we seek love and solace from those around us. We remain a close-knit community, supporting and looking out for one another. Neighbours cook for each other and collect clothes to donate to victims of the war and Appa treats the sick for free. I am learning from the inspirational people all around me the value of giving and being there for others in difficult times.

Amma and I join a respected teacher, Mrs Balasingam, to help with the charity that she founded, The Trincomalee Women's Welfare Organisation. We strive to help the many women who are widowed and who have been left destitute by the war, teaching them new skills and helping them establish small businesses. I experience first-hand the importance of selfless service and want to participate even more in volunteering, charity work and fundraising events, to try and make as much difference as I can. I realise we are here on this planet for a purpose and nothing can bring us more joy and fulfilment than helping those who are enduring pain and suffering.

When a new family moves into the neighbourhood, Amma, who is by nature friendly and welcoming, invites them over for tea. I am introduced to Sunthari and her parents. They recently arrived at Trincomalee harbour on a ship filled with refugees from Colombo. They had lost all their belongings but consider themselves fortunate to have escaped with their lives.

I listen intently as Sunthari's mum narrates the ordeal they have been through.

"Sunthari had gone to school one morning when the peace was shattered by a sudden and disastrous flare up of violence. Within a few hours, anarchy laid waste to the city. Houses were burning, innocent civilians were being attacked and people were desperately fleeing the capital in search of safety.

We get a call from the school asking us to collect Sunthari. My husband and I left home in a panic, wanting to reach our daughter before the violence escalated further. Fires raged all around us, consuming anything and everything in its path. We somehow managed to reach the school and snatch Sunthari amid the chaos and confusion. Though we tried to make our way back home the riots had spread to our neighbourhood and Tamils were being targeted and slaughtered in the streets. A Good Samaritan, from the Sinhalese community, guided us towards a refugee camp. We realised that we had become homeless and had lost all the possessions we held dear but take comfort from the fact that we have each other.

We were thankful to board a ship taking thousands of refugees away from the capital. In a few hours, we landed in this unfamiliar city, Trincomalee, with only the clothes on our backs. Sunthari's father's job as an engineer had given us a comfortable life in Colombo. Now we are left with nothing, neither friends nor family. Thankfully, we heard that our son Kumar is safe. We hope Sunthari's father will be able to resume work in Colombo soon."

Sunthari's father, who had listened quietly to his wife's narration, pitches in, "*I don't think it's safe to take my family back to Colombo immediately. They will have to stay here for now.*"

Later, I hear my parents saying that they can't imagine the pain of being forced to uproot to an entirely new city, where they are strangers. Soon my parents along with our neighbours rally around to help Sunthari's family get settled in and make them feel welcome. They offer sympathy and kindness in their time of need. Exemplifying resilience, the family quickly integrates into the community.

Vortex Of Destruction

"Death abides by no one's rules...it takes what pleases it without consciousness to its decisions. It destroys what it will. It took the pieces of perfection I once knew and shattered them. Now what remains are shards of a dream, drawing blood with every step."
~Cassandra Giovanni~

I complete my secondary education in Trincomalee before moving to Batticaloa and embark on a Science degree at Eastern University, hoping to be a chemist. The city is hundred and thirty kilometres south of Trincomalee, along Sri Lanka's eastern coast. The guidance and support of my family and friends makes the distance seem shorter and I easily form new relationships at university. I learn to be independent.

In some ways, my itinerant upbringing equips me for the trials that await me. It has also made me able to interact with different people and adapt to new surroundings quickly. Appa's cousin and his family live in the town, as does my school friend, Nishahari, whose mum taught me at school. My friend Shyamini's uncles also have a business not far from my university.

By the end of the first year at university, I have formed a close friendship with my classmate Praba and her sister, Lali Akka. I become almost a part of their family. Whenever the violence flares up they insist I leave the students' hostel to stay with them. Their mother cooks a treat for me every time I visit their home. We often stay up late, laughing and chatting about boys and university gossip. We enjoy trying on each other's clothes and go for long walks together when it's safe to do so. On good days, we almost forget the shadow that looms over our futures and I will always be thankful to this family for their kindness to me.

However, the situation in my country is still highly volatile, with the presence of Indian troops no longer welcome to any of the factions. After a few months, the university is forced to close and I return to my family. Even at home, there is no escaping the violence. I am with Amma in the garden one day when one of the senior students, from the university, enters our front gate.

"*Can I speak to you for a moment?*" he asks.

I look across to Amma, who is watering the garden, and go to see what he wants.

"*Mahesh is dead.*" he spits out, his voice seething with the kind of rage that could perhaps be turning young men into rebels. "*They burnt him alive – there's hardly any of him left.*"

Mahesh was our senior and was travelling home to Jaffna when he was doused with petrol and burnt alive.

"*He was just going home to be with his family,*" says our friend bitterly. "*Nobody knows who will be next. Come to the funeral – his friends are all he has.*"

He leaves without looking back at me, but his invitation is compelling. I inform my parents about the tragedy. A few minutes later, still in shock, I rush with my parents to the house where Mahesh's friends have gathered. We sit around the coffin, staring at what is left of his corpse, wrapped in a bag.

"*He probably couldn't escape them and was unable to fight back. Guess all he could do was endure the agony. Are they monsters? How could even the worst kind of people do this to a fellow human being?*" asks one of his friends with suppressed rage.

I can't stop crying. My eyes are red and puffy from weeping. I let my head fall to my knees, pulling them up to my chest and wrap my arms around my shins in a feeble attempt to comfort myself. But no matter how I try, there is nowhere to hide from the awful, hopeless, anguish I feel at this mindless atrocity. From behind me, one of Mahesh's friends explains, in a soft voice, that it was difficult to identify his body because it was totally charred. His family have been unable to reach the city to say their final farewells. As the last rites are performed, it is left to us, his friends, to weep together for the senseless loss of his life. I know I will never forget this pitiful scene. It makes me realise the blind monstrosity of war.

I am able to return to my studies in Batticaloa during another brief lull in the hostilities but in May 1990, my country plunges headlong into a full-scale crisis. With 1,200 peacekeepers now dead and the IPKF strategy lying in tatters, discredited and torn apart by the brutal realities of guerrilla warfare, Sri Lankan president Ranasinghe Premadasa finally forces India to recall its troops. But now that our unwelcome guests have gone, who will prevent us from destroying each other completely?

The ferocity of the conflict between the Sri Lankan army and the separatists enters a new and even bloodier phase. It culminates in the 'Second Eelam War', which begins when the separatists capture and massacre around six hundred Sinhalese police officers on June 11th 1990. A series of attacks are made throughout the Eastern Province, designed to weaken the government's grip in the region. There is a furious response from the Sri Lankan government, with the defence minister declaring a return to all-out war. Public services, including transport come to a grinding halt.

I am homesick and constantly yearn to be at home with my loved ones. When public transport is restored, I decide to return to Trincomalee and to my family. Praba and her sister come to see me off and as I board the bus, Lali Akka looks nervously for a familiar face to entrust me to. After an emotional farewell, the journey begins like any other, but a couple of hours later, when we have left the city and entered a forest area the bus shudders to a sudden halt. The driver has been warned of danger ahead and to our horror he announces that he can go no further. Stranded in an unfamiliar place, I try to remain calm and not succumb to the fear rising within me. My mind throws up memories of the many friends I have lost and the stories I've heard of unspeakable violence.

I know my hope of staying alive depends on the decisions I will take in the moments ahead. Thankfully, the strangers who are my travelling companions understand how important it is for us to work as a team. We decide to trek through the forest. My blood is pounding through my veins and I'm more alert than ever as we enter the jungle, hoping for safe passage. This is a situation which calls for strategy and endurance. We need to stick together if we are going to make it alive to the other side. We agree to continue on foot, even though we know we will have to fight our way through dense foliage, hoping it will give us shelter from harm. We could come face to face with those who would kill us in the 130 kilometres between us and Trincomalee. I have nothing but a bottle of water and a sandwich for sustenance. I worry about how my parents would react to my decision to keep going instead of turning back. Am I being brave, or foolhardy?

Everyone else in the group is older than me, mainly adults who have been travelling for work and returning to their families. Despite their own fears and concerns, they are very kind and sympathetic towards me. As we set out on our perilous trek, a sense of camaraderie quickly develops between us. We find ourselves sharing intimate details of our lives as we walk, only in the way people do when they experience deeply traumatic events together.

The scale of the breakdown taking place within our society becomes clearer, as we encounter another group of stranded civilians along the way, all desperately seeking refuge. Like us, the prospect of reaching safety far outweighs the discomfort of the clouds of mosquitoes following us everywhere or the constant threat of being attacked by wild animals or even wilder stray soldiers looking for target practice. The blazing heat on our backs reaches unbearable levels and without the villagers along our way selflessly offering us food, water and sometimes even shelter, we would have had no chance of surviving.

We decide to walk at night and sleep by day to avoid the heat and to minimise the risk of being spotted and killed. But on the seventh day, our worst nightmare becomes a reality. We hear the drone of fighter aircrafts in the distance and someone shouts for us to get down. I can see people shouting and hear them screaming around me. There is pandemonium and we scramble for cover, not knowing which way to run. I can hear engines and explosions and then high-pitched whining in my ears. I am covered in blood.

I look down at myself wondering where the blood is coming from and realise it is not from me. The teacher who was walking beside me a few minutes earlier, Saratha, lies flat and motionless on the ground. During our few days together, we have become friends and I am sickened to see her critically injured. I stand rooted to the ground, unable to breathe, choked by invisible hands of panic around my neck. All I want is to be in a safe place with the people I love. Images of my parents, Mummy, Anojan and my close friends flash before me.

And then, some inexplicable power takes over. I know I can't let this woman die. If Appa was here, he would do everything he could to save her. Knowing he will be proud of my courage I drag myself over to her. I wrap my favourite white shirt around her leg and apply as much pressure as I can, trying to stem the alarming flow of blood – me, who as a little girl was squeamish at the sight of blood. Her eyes flicker open briefly and her lips move as though she is trying to speak, but no sound comes out. Cradling her in my arms, I give her a sip of water. She tries to talk again but, as if she had used up her last reserve of energy, her eyes shut again. My heart sinks. I am overcome by tremors. The lady next to me covers her mouth to prevent any sound escaping her involuntarily. I stay mute, tears flowing unchecked down my cheeks.

Others in our group gradually find their feet and stagger over to help. We stare at each other in horror and disbelief. We are unarmed and present no danger to anyone.

"*How can they drop their bombs on us, defenceless civilians, whose only desire is to be at home with our families?*" I ask.

We want to help Saratha, who is critically injured but nobody knows how. Without urgent medical assistance, we know she will not survive. Some of the stronger men decide to carry her until we reach help. Everyone is covered in a sickly mixture of blood, sweat and dirt, the debris of what has just happened. I change into the last of my clean clothes. Then, we pick up our belongings and wearily resume our trek, praying that our ordeal will soon be over.

Even the birds are silent and the grass is motionless, as though like us, it is afraid of attracting unwanted attention. War has made us all equal, for now, and no amount of money or influence can protect us here. We all face the same pain, grief and mental torture. The bullet does not discriminate who it will tear through. But here in these most trying conditions, and although most of us are strangers who will probably never see one another again, compassion still shines through.

As I am the youngest in the group, everyone in the group is extraordinarily kind to me, reminding me that hope and love are still alive. One man points to me and tells the group that they should follow my example and be brave. Within me, I am fearful for my life. However, oddly, I feel responsible for the safety of the entire group. An elderly man extends his trembling hands, holding out the few crumbled biscuits he has left. He knows these scraps of food are the last he will see for days, yet he generously offers them to me, commending me for my courage.

"*When circumstances demand that we fight the good fight, no matter the odds, we must fight together,*" he says. "*And then we will be alright, all of us, because we will have each other.*"

His voice soothes me, resonating deeply with everything I believe in. Then a woman I haven't even had a chance to talk to yet shares a bottle containing her last drops of precious water.

"*Keep it,*" she says kindly, pushing her bottle into my hands. "*You're going to need it.*" I smile appreciatively and hold onto the gift, making a mental note to use it sparingly.

We continue walking through the night until a slow dawn breaks and the bright sun spills out into the new day. Emotionally and physically drained, I fall into a fitful slumber and wake up startled by voices around me as people rise to resume our treacherous journey. The sun is setting and casts dappled light between the trees. I look around for my injured friend, but she is gone. I look questioningly everyone around and the oldest man in the group says,

"We tried our best but there was nothing we could do. We left her in the safest place we could find."

I am heartbroken but too weary to question him. I feel sick with guilt that I am unharmed. I wish I could just curl up into a ball and close my eyes and be protected from everything. Instead, I say a quiet prayer for her and hurry to join the others. Saratha's image remains with me as I grieve for her loss.

We continue through the night, walking nervously in single file, following the person in front, terrified of being ripped apart by landmines that still litter the land. My feet ache and are covered with blisters. I feel the heat of my body through my dress like a brick out of the oven because I'm running a fever. I feel breathless and pant more and more with every step.

"Don't make so much noise, you'll put everyone in danger," someone snaps, in a rare lapse of patience.

Thankfully the end is in sight. The landscape becomes familiar as we finally reach the outskirts of Trincomalee. After ten days of facing death together, trekking through dense jungle and enduring physical and emotional agony, I am finally standing in front of the elegantly carved wooden door of my home. I knock at the door and wait for what feels like an eternity, until I see a familiar shadow behind the tinted window.

Appa stares back at me in open-mouthed and speechless amazement. I have waited for this moment for so many hours and so many days, and I can't believe that finally I am here. I feel numb with exhaustion. Suddenly I am aware of the aches and pains in every single cell of my body and have an overwhelming need to cry. Appa's reaction is one of astonishment and disbelief at seeing me and he calls out to Amma to come to the door. Amma exclaims with concern, at the state I am in. I have managed to reach home, looking like a shivering and bedraggled kitten coming in from the rain.

"*Where have you been?*" Appa asks.

"*What happened to you? Why is there blood on your clothes?* Amma exclaims with worry.

I begin to explain, telling them as much as I feel able to.

"*I just wanted to get home*"

"*You could have been killed*" he says.

"*Yes Appa, you are right…*" I agree and sink to the ground.

As the images of my misadventure come flooding back I begin to weep in relief at being finally being home, physically unharmed, except for a few cuts and bruises. I suffer from survivor's guilt that I am one of the lucky ones to have survived.

Not having washed or even cleaned my teeth for days, I feel like soaking myself in a bath of disinfectant. My dirt-encrusted clothes serve as a painful reminder of the jungle and traces of blood on me, from cradling the injured woman, refuse to leave my skin. Amma and Mummy are horrified when they see blood on my beautiful yellow polka-dot dress. I had forgotten that I was planning to wear it for my friend's birthday. Such thoughts seem so trivial, in comparison to what I have just been through. I calmly explain that I am perfectly well and decide I will not reveal to them what I have been through. I don't want them to be burdened with the story of Saratha, who I became so emotionally bonded with over such a short period of time and how she had to be left behind. I try to break the silent tension with humour in an attempt to lighten the atmosphere, in contrast to how I actually feel.

"*I think I deserve a good meal and an extra dessert after the strict diet I've been on for the last ten days,*" I say, smiling through the tears that continue to stream down my cheeks.

Later, as we sit around the dinner table to eat the sumptuous and scrumptious meal Mummy has prepared for my homecoming, I hear myself utter the words which will change my life forever.

"I'm not going back to university."

I look at Appa, expecting him to oppose me, but he says nothing, while Amma's expression tells a thousand words. I know I am disappointing her after all the effort and sacrifices she had made for me. Despite being a university graduate in the 1960s, which was a major achievement for an Asian woman at that time, she willingly gave up the chance for her own career and decided to focus on caring for her family. For her the thought of me setting aside my education is hard to bear.

We finish our food and gather in the living room as darkness falls outside. As electricity winks once again, ready to go out, Amma picks up the candles, kept ready for the regular power cuts, and Appa hands over the matchbox. We become aware of the sticky heat in the room and Appa rests on the floor where it is cooler. We fall into the comfortable silence that only happens within close knit families and I begin to appreciate the stillness after the hectic pace of the last few days. My thoughts drift to Anojan, so far away in Colombo, and wish he was here to complete the family circle.

"*Would you like to immigrate to the UK?*" asks Appa, snapping my attention back to him. I pause for a second before replying, "*It's too far away from you.*"

We retreat into our silence, the easier option for the moment. I think about Anojan again and hear Appa ask, "*Would you like to go to India and study, instead? That's not as far as the UK.*"

"*She's never lived anywhere other than at home and at the hostel.*" Amma interrupts, voicing her concern aloud.

I consider my options and decide that my life would be better if I had higher education. I also realise that my parents would be comforted to know that I was in a safe place. I know I would miss my family and Sri Lanka a lot but I am willing to pay the price for a brighter future. Finally, I say,

"I suppose I could, India is not that far away."

Family Torn Apart

"It is during our darkest moments that we must focus to see the light."
~Aristotle~

A familiar, touch gently caresses my forehead and the air is filled with the aroma of fresh coffee, made with love.

"*Are you feeling alright?*" asks Mummy. Her ever-smiling face is above me like a benediction.

"*Never felt better.*" I say, with bits of crusty sleep lingering in my eyes, wondering what she has cooked for breakfast. I am sure whatever it is, would be my favourite. I enjoy everything Mummy cooks for me. I roll out of bed, relish my coffee and wander around the house, soaking in its blissful familiarity. It feels like a miracle to be at home with my loved ones when so many thousands of others can't be with theirs. I enjoy my favourite 'puttu' and prawn fry, savouring every bite, wondering how much longer I would be able to savour this simple pleasure.

After a long shower, I join Appa and Amma to visit my best friend, Shyamini, who is expecting her firstborn. When she sees me, Shyamini can't believe her eyes and she squeals with delight and hugs me tightly.

"*How did you get home?*" she asks joyfully. "*There's no transport running.*"

"*Your friend couldn't wait to see you, so she fought her way across the jungle to be here,*" Appa states dryly. Shyamini smiles, assuming it's just a joke.

"*How did you really get here?*" she asks.

"*I honestly did walk.*" I say, matter-of-factly, masking my emotions. But even as I do so, I am beginning to realise that journey has changed my life forever.

As the scintillating conversation flows, with funny stories and bursts of laughter, I'm reluctant to part from my friend, not wanting to face reality. Having been forced to navigate my way through dense jungle with complete strangers, and staring death in the face, I no longer have the will to continue negotiating my way through this awful war. As difficult a decision as it may be, I am ready to give up my life at home in exchange for safety. My entire generation is faced with a similar heart-breaking dilemma. We are at the threshold of our adulthood. Yet the war is forcing us to choose between abandoning our education and leaving everything we know and love behind us, or staying with our families and waiting for whatever fate the war will bring. Either way, the stakes are too high, and we anxiously discuss our options whenever we gather together.

Shyamini is one of the few who decides to stay, feeling it is too dangerous to leave behind everything and travel to a foreign country as a pregnant woman. She prefers to have her child in a potentially dangerous environment if surrounded by her loved ones. All of our parents are in an impossible predicament, but with a heavy heart they encourage us to leave them, even though they don't know when, if ever, they will see us again. This enormous sacrifice is motivated by love. Their courage is inspirational to me and I decide to take a leap into the unknown in search of what I hope will be a better future. Appa and Amma give me as much emotional support as they can and manage to find the money I will need to start a new life, which is a challenge for them, with our nation's economy in ruins after years of war. But they are selfless in the way only a parent can be for their child.

Soon, it is time for me to leave home. I shut my bedroom door, ever so gently, and walk down the footpath towards the gate, ever so reluctantly. My family and several others, including my friends, Sivagini, Komathy and Shakila have been given special permission by the city governor to travel together on a guarded bus for the six-hour journey to Colombo, where we will stay until we can find a flight out of the country. The governor waves at Appa and wishes us a safe journey, but his worried expression does nothing to soothe our jangling nerves. As the driver starts the engine, everyone is crying and hugging friends and relatives in farewell.

"You're going to have a daughter on my birthday and celebrate my birthday for the rest of your life," I tell Shyamini, trying to suppress my tears.

Then, I gaze lovingly at Mummy, the person I would miss the most, knowing I may be seeing her for the last time. She looks as if she might collapse at any moment, and still manages to smile encouragingly at me through her tears. I fall at her feet in the traditional way to receive her blessings. She lifts me into a loving embrace. I know her love and blessings will follow me wherever I am.

We are each allowed to take one small bag of essentials. Safety, and not comfort, is the primary concern, and passengers are tightly packed into every available space, with some even holding onto the doors. Fear and anxiety are palpable. Many continue to cry, remembering the loved ones they have left behind. Sensing the mood around us, we say little during the journey. There are many parents with young children for whom they sacrifice everything in the hope of providing a better tomorrow. They are hoping and praying that they can achieve that with the sacrifice of leaving their homeland. They face an uncertain future and most have no means of sustaining themselves financially beyond a few days. A father confesses that his family has sold everything they own, including their jewellery, to support themselves for the next few weeks.

Fear of death has brought us all closer and people gradually begin to share their stories, their worries and even their future plans with each other, hoping to find solutions to unanswerable questions. A young girl seems breathless and blue as if she is suffocating, and a kind woman allows her to take the window seat. After a few hours we hear that the bus isn't allowed to enter Colombo due to the curfew and is being diverted to the city of Kandy. A Hindu school generously offers us shelter for the night and everyone sleeps on the floor, before setting off on our journey to Colombo, early the next morning.

Shortly after we arrive in Colombo, the four families rent a house in Wellawatta, where we stay together until we can leave Sri Lanka. Anojan, who is already in the capital, joins us. He looks crushed when Appa tells him he must also leave the country as soon as possible. He tries to convince our parents that it will be safe for him to continue living here, although we can all see that even he doesn't believe what he is saying. We don't have passports, so our parents start gathering information and filling in forms for the travel documents we will need. There's panic when they realise Anojan's birth certificate is missing. Appa rushes off to the town where Anojan was born and returns just in time to join us in the long, snaking queue for the same-day service at the passport office.

I start imagining what my new life in India would be like. I convince myself that the people, culture and the lifestyle there would be very similar to ours in Sri Lanka. After all we speak the same language and we are neighbouring countries. I try to recollect the scenes from my favourite cinemas and draw comparisons of life between the nations. I'm lucky, unlike Anojan and my friends Appa will be with me in India until I settle down somewhere safe. I try to remain positive knowing Appa will somehow make my move to India less painful and that he will ensure that I have a good education. Amma and Appa try to sooth my nerves (and theirs) saying my gift for creating bonds easily and my friendly nature will help me settle down in my new home.

While we are in Colombo my parents celebrate their twenty-fifth wedding anniversary. This is a celebration of a successful marriage. A couple who held a family together filled with joy, love, care and compassion, even in the testing political, economic and emotional landscape. We come together, in celebration, with the uncertainties looming over us, not knowing when we would be together again to mark an occasion. We even fear we might not get together again at all. These thoughts only make us savour the moment even more and make the gathering more memorable.

We go out for a meal with friends who are also waiting to send their children abroad. For one evening, everyone tries to put aside their worries and have a good time with their loved ones. I savour every second of this occasion and our time together. In the spirit of the celebration, a few of us even indulge in a second dessert, including my friend Shakila's mother, who is a diabetic.

"*I'm sure these are exceptional circumstances, Doctor,*" Aunty tells Appa, taking full advantage of the high spirits. "*You can allow me a treat on your special day.*"

As our elders begin to relax, the younger crowd chat into the early morning, trying to stay as upbeat as possible.

After four weeks, we start packing our bags for the journey ahead and the reality of our situation sinks in. Many young people we know in the community begin leaving the country one by one, separated from friends and family and scattering in all directions, going to unfamiliar lands. Our visits to the airport become a dreaded daily routine that always ends in tears and heartache. Soon, it is Anojan's turn to board his flight as he prepares to begin a new life in London. Amma's friend, Pearl aunty, says a prayer, wishing him a safe and bright future, surrendering his fate into the hands of the Gods. Anojan hands Amma a letter for Mummy, scribbled in haste; his handwriting is a scrawl even at the best of times.

Anojan is leaving the island, at the age of twenty, with no certainty of an education or future, merely looking for safety and security. He has to sacrifice his chance for higher education at the University of Peradeniya in exchange for the opportunity to leave the tumultuous country. He has no family or friends in the UK, except for my friends who are also fleeing the country like him. As he says his goodbyes and receives blessings from my parents, Amma begins to tremble and weep uncontrollably. I feel the deep pain of parting, as I hug Anojan tightly, lingering for a moment as the tearing apart of our beloved family begins.

On September 8th 1990, three days after saying goodbye to my brother, it is my turn to bid farewell to Amma. Although Appa is coming with me for a couple of weeks to help me settle, I feel almost physically sick at the thought of leaving behind Amma,

Mummy and all my loved ones. I grip my bag tightly as if trying to gain strength from it and after a final, tear-soaked farewell; we board the flight to Chennai, the capital city of the Tamil-speaking southern Indian state, Tamil Nadu. I try to make myself comfortable and look out of the aeroplane window as we leave Sri Lanka behind us. Everything is different from up here. The bright lights and buildings of Colombo look so beautiful from the air. From here there is no sign of the violence, fear or death below. I see the clouds move elegantly past us in layers, even though they had the appearance of one thick sheet when we looked up at them just a few minutes ago. Now they cushion me and I drift off to sleep.

What I see when I awake two hours later takes my breath away. Chennai is teeming with life, even at midnight. It is as if someone has sprinkled glitter all around the city. I stare in amazement, suddenly forgetting my grief and excited at the prospect of exploring the delights laid out before me. As we make our way to our hotel by taxi, I am struck by how similar and yet how different everything is here, compared to Sri Lanka. A sea of people throng the streets and I have never experienced traffic like this, endless streams of vehicles of all kinds, vying for road space and filling the air with their acrid fumes.

Early the following morning, Appa collects some Indian currency from a money exchange kiosk and we are badgered to trade our imported goods with them. Appa warns me not to speak to anyone and we scurry back to the hotel to have breakfast. Then we set out for the day and I see even more cars snaking one behind the other, each crawling a few feet at a time in a stop-start fashion, with hundreds of motorbikes and autos (tuk-tuks) weaving between them and the constant blaring of thousands of horns. The hordes of people part around us like water moving around a rock in a stream, hurrying about their business in hermetically-sealed indifference and threatening to knock us off our feet if we stop to look around.

We are relieved to meet up with a friend, Arun, in this foreign land and I sigh with relief when I see him. He is the fiancé of one of the many friends I have said goodbye to in the last week – she is also due to leave home soon. We sit together in a restaurant and enjoy the flavour and aroma of the south Indian filter coffee, the best in the world.

"*What are you going to do now?*" he asks me earnestly. Without waiting for my reply, he starts jotting down the outline of a plan, keen to do whatever he can to help me pick up my education once again.

"*My uncle is a politician here; he will be able to help...*" he offers generously.

The following day we meet his uncle, who says he might be able to get me into the city's medical school. I glance at Appa, aware that my next words could sound ungrateful.

"*That's very kind,*" I say. "*But Appa, you always told me it would be better for me to become a dentist...*"

The three men discuss my options at length, deliberating about the chances of persuading the dental college to let me join their course. Lengthy phone calls follow but it is not possible to get me an admission. Eventually, Appa calls it a day, thanking them both for their kindness and their extraordinary efforts to secure me a place. We enjoy delicious Malabar parotta a layered flatbread, a treat for our taste buds, before we retire for the day.

Despite all our efforts, my chances of getting admission into dental college seem remote. There are offers in other parts of Tamil Nadu, but Appa doesn't feel comfortable letting me travel too far from the capital. Finally, we decide to take a coach to Bangalore, in the neighbouring state of Karnataka. It has an excellent dental school and we can visit my friend Hoshala's sister, Komathy Akka, who came to India to study, married Arthur Annan, of Indian origin and settled in Bangalore. In their home we enjoy a mouth-watering homemade biriyani, cooked by Arthur Annan, before Appa and I explore the city.

The next day, we arrange to meet the man responsible for university admissions. We are asked to take a seat by a large window. I am entranced by the brightly coloured paintings on the wall, softened by the beautiful pink roses that fill the room with their delicious scent. A man in a white shirt enters and Appa shakes his hand. "*Namaskara*," the man says in a deep voice, offering us the customary Hindu greeting. I manage to mumble a "*Namaskaram*" back and feel I am being appraised as to whether I am worthy of the favour being asked of him. His response is encouraging. However, he explains that it is too late for this year's intake, as the academic year in India is different from Sri Lanka's and the course is already underway. Appa asks if there is any way I can join in late and the man says, "*No*" quite abruptly, as though this request is pushing his generosity too far.

We agree that my only option is to remain in Bangalore for the year until the next academic year begins. Appa enquires about accommodation for me but Arthur Annan generously offers a place for me to stay with him and Komathy Akka. They become my guardians. The next few months bring new challenges every day. But at least I know that I am safe here. Appa too can return home, knowing that I am in a safe place and not with strangers.

I am fortunate, unlike Anojan and many of my friends, who have to support themselves financially and lack guidance and support in a land far from home. I wonder how they are coping in a country so far away not knowing when they can visit family or friends back home. It must be terrible trying to choose between a job and education, trying to find accommodation and get used to the freezing weather. From all accounts, they seem to be getting on with life and successfully adapting to the western culture and lifestyle. Whenever I am sad I force myself to count my blessings. Our stories are different because of the choices we have made.

Almost A Native

"Step out of the history that is holding you back. Step into the new story you are willing to create."
~Oprah Winfrey~

Appa hugs me tenderly before he leaves for his flight back to Sri Lanka. He comforts me with his kind words and encourages me, as always, to be resilient. As I am released from his loving embrace, I can't help feeling that I have become another victim of the war. I am exiled to another country, bereft of all that has been familiar to me thus far. I am left to adjust to an unfamiliar culture, among strangers on my own. I feel swamped in this enormous country of a billion people and it takes time to become familiar with my surroundings.

Sri Lanka is a relatively small island with a population of only seventeen million. Bangalore, alone has almost half that number. It is India's fifth-largest city, the fastest-growing metropolis after New Delhi. It is the capital of the state of Karnataka and is referred to as the Silicon Valley of India. The way of life here is also very different from the small town of Trincomalee in Sri Lanka, where I come from. Life in Trincomalee is considerably slow-paced and quieter than the metropolitan life in Bangalore. In my hometown, it felt as if everyone knows each other and even if you go shopping with your friends the news would reach home before you get back. I don't find the close-knit community I am accustomed to, in Bangalore.

I have the luxury of time as I will join my course at the college only in the following academic year. I spend my time in the many parks and gardens that dot the city. I adore strolling among vibrant flowers, taking in their sweet perfume and listening to the soft, whispering sound made by the leaves as they sway in the breeze. I visit the neighbouring state of Andhra Pradesh, to the east. I also undertake a pilgrimage, along with local families, to the beautiful Roman Catholic Basilica of Our Lady of Good Health at Velankanni in Tamil Nadu. The beautiful basilica faces the Bay of Bengal and is illuminated at night with thousands of multi-coloured lights. It is one of the most visited Christian sites in India and coming here helps me understand the wide range of cultural values and beliefs in this vast country.

I discover that Bangalore has much to offer young people and, at last, I am in a place where I can speak my mind without fearing the repercussions of my words. The smells and sights of death are no longer all around me and friends and neighbours do not simply disappear. Soon I make new friends in Prabhu, the son of Komathy Akka and Arthur Annan's landlords. Prabhu's sisters also become my friends. Bangalore has an electrifying nightlife. This IT hub of India is home to a growing, youthful, rich group of entrepreneurs, as well as thousands of students flocking to take courses here.

I am finally finding my feet, and begin to imagine I might be beyond the reaches of war, but its tentacles reach across the subcontinent. On August 21st 1991, less than a year after my arrival in India, former Indian prime minister, Rajiv Gandhi, is in Tamil Nadu for an election rally. He is assassinated by a suicide bomber. Gandhi is killed instantly – and it later emerges a woman suicide bomber, was sent on her deadly mission by the Tamil separatists of Sri Lanka. As immigrants and refugees to India, Sri Lankan Tamils already face considerable difficulties, but now the distrust intensifies and the assassination generates a dangerous wave of anger among the Indian people. For the first time, the guests from the neighbouring land are considered a threat to national security and the chain reaction of events soon reaches me.

Arthur Annan knocks on the telephone booth with a worried look and I hurriedly say goodbye to my parents and hang up to see what's wrong. Outside, a tall, heavily built police officer looks me up and down intensely, as if assessing whether or not I am a threat.

I am asked to go to the police station and we are shown towards their vehicle and two more officers climb into guard us. I say nothing. Every muscle tightens and I can feel the energy welling up within me as my body goes into flight mode. My mind freezes and the calmness and composure I've gained over the last few months evaporate. A carousel of images flashes through my mind, each more disturbing than the last. All the sacrifices my parents have made to keep me safe have been in vain. Should I write them a note before I disappear like the hundreds of others back home? I am drawn back into the moment by the voices of the policemen shouting at me to get out of the vehicle. I am separated from Arthur Annan and we are both interrogated for several hours, enabling the authorities to verify whether our stories match. The experience is terrifying but after several hours, and late into the night, we are allowed to leave. Arthur Annan fills forms, giving our address and other details and I am instructed not to leave town for a few weeks.

As we emerge from the police station, the officer tells us that the telephone agent had alerted the police about me regularly making calls to Sri Lanka. In the atmosphere of frenzied paranoia that has infected the country, that scrap of information was enough to raise the alarm. The entire neighbourhood has gathered out in the street to see my shame as we return home. The people who once smiled politely as I passed now eye me with suspicion. Sensing my discomfort, our kind neighbour ushers us into her home and offers us coffee and something to eat. I shuffle uneasily, looking down at my feet as Arthur Annan explains how the day's events unfolded. His words wash over me as I am lost in my thoughts.

The perception of me in this community has transformed instantly. There is no more friendly familiarity. I was once welcomed as a victim of war, but have now become a mistrusted stranger. I don't feel angry or resentful – I know they are just trying to prevent their own families from going through the ordeal we have experienced at the hands of the police – but I also know my stay will never be the same again. When I arrived here this city felt safe, welcoming to everyone and inclusive, and I soon felt a sense of belonging. After the years of living in fear, I find a community that offers opportunities for growth and development, both personal and professional, regardless of where a person comes from. The protection of migrants has been sacrificed at the altar of national security, and whatever steps are felt necessary will be taken to prevent the cancer of terrorism from spreading.

Anojan calls occasionally from London to check on me and to see how I am coping. We talk about our family and reminisce about happier days. Letters from home take weeks to arrive and are eagerly anticipated and devoured for any scraps of news. I also receive correspondence from my friend Yamini, in China, telling me about the culture she has encountered and the new friends she has made. Yamini even attempts to teach me some Chinese words and I learn that "péngyǒu" means friend. Others send me photos from London and Scotland and I am enchanted by the beauty of the British countryside. All our communications are laced with concern for the safety of our family and friends back home and speculating how our lives would have turned out if we had not left Sri Lanka when we did.

My family have always loved to visit new places and explore the secrets they hold, learning about the traditions, history and culture of the people there. But travelling widely in India is now out of the question. If only this world allowed every migrant to become a native, in every way, the whole community would benefit. But Sri Lankans have become suspects and the momentum to have us sent back home, regardless of the hardship and bloodshed that would bring increases. We are regarded as a threat to the very society we have turned to for refuge.

When I am alone, I find a release for my pent-up emotions and creative energies by writing poetry in Tamil. I discover the therapeutic power of putting my thoughts down on paper. By doing so, I begin to make a subtle connection between my changing lifestyle and my shifting identity. But I am determined not to give in to the mistrust and suspicion seeping into my world. I am learning how to be strong alone. I have heard it said that once you master being alone, you are ready for the company of others – but that doesn't make it easy. My journey has separated me from everyone I am part of. There are days when I become consumed by panic at being an uninvited guest in a foreign land.

As time passes I find a measure of peace once more, or perhaps it finds me. Happiness is indeed sweeter when it follows hardship. I am anxious to further my education and achieve my ambitions, but I'm also eager to integrate. I try hard to understand the local culture, learning about their customs, the importance of food and about the traditional attire. Women commonly wear full-length clothing, whereas at home we are used to wearing shorter, western dresses. I initially resist changing my way of dressing to fit in, but in time I make a conscious decision to change my appearance to avoid feeling like a foreigner.

I also encounter a diverse range of food, reflecting all the vast regional and cultural variations of India. A stroll into town invites an assault on the senses, with the smells and sights of a wide variety of delicious street foods, with spices used generously in each one. Although my knowledge is limited I learn to love Indian food. I study many cooking techniques and delight in my new-found skills. Arthur Annan is an excellent cook and I taste the best dum biryani and many flavoursome dishes from Andra Pradesh during my stay with my guardians. I realise why India is rightly renowned as the land of spices, as no other country produces as many as this one.

Arthur Annan's brother explains how saffron, a key ingredient in many dishes, is believed to originate from Iran, Greece and Mesopotamia. Most spices are valued for their nutritional or medicinal value. They also lend a depth of flavour to every dish. Each home I visit has its speciality, often influenced by the region they belong to, from 'idli-sambar' in the south to chicken butter masala in the north, from 'dhokla' in the west to fish curries in the east, and many thousands of other dishes in between.

Arthur Annan elaborates how part of the seductive quality of Indian cuisines stems from the unique way it is based on six different flavours – sweet, salty, bitter, sour, astringent and spicy, explaining how they differ from other cuisines. In contrast to the western way of cooking ingredients that share similar flavour profiles, the secret to Indian food's exquisite taste is pairing ingredients that do not share flavours but complement each other.

A proper Indian meal is a perfect balance of all six flavours, with one or two of them standing out. A traditional Indian dish has at least seven ingredients that often have various flavours and spices combined so that each mouthful reveals various combinations of flavour that burst upon the tongue. The complexity of recipes such as chicken tikka and my personal favourite, chilli paneer is challenging for me to master.

My longing for a sense of belonging is what enables me to form unbreakable attachments with the people around me and I gradually regain the trust of neighbours, who see me for who I truly am and not as a dangerous immigrant. I succeed in becoming almost a native.

I count down the months, weeks and days to when I can start my course and eagerly await the opportunity to resume my education. And one day a letter arrives for me. My eyes widen and sparkle as I read it in silence, the corners of my mouth slowly turning upwards as its contents become clear. I have been offered a place at the M R Ambedkar Dental College in Bangalore. Almost three hundred days after fleeing to safety, I must return to Sri Lanka to change my tourist status and to obtain a student visa.

For all its challenges, India is peaceful, and my heart races when I think of returning to a place that is under the shadow of war. I know that there, the suicide bombing, revenge killings between the various factions continue. A million people have been displaced from their homes. The government is now spending a quarter of its overall budget on the war, while Tamils in the south of India are accused of fuelling the conflict by giving financial support to the separatists. I have become immune to the latest news of deaths on all sides, including senior military leaders.

All my worries disappear when I see Amma waiting to welcome me back. She throws her arms around me, just as she did when I last saw her. The ten months we have been apart is the longest she has ever been away from either of her children. But the prospect of Anojan returning seems more distant than ever. Soon, I am back in familiar places, among the people I have known for the first twenty years of my life. For the first time in so long, it feels like peace has descended on my family and me. I slip into an artificial comfort zone, pushing the many distressing experiences I have endured to the back of my mind. I find delight in enjoying Amma's home-cooked food, prepared with the love one can only find at home. It is bliss to smell the everyday aromas from my childhood and youth and hear the friendly voices of neighbours.

As I walk out alone, the physical, emotional, psychological and financial damage of the war is apparent everywhere I go. But Trincomalee beach, with its powdery white sand, is still as beautiful as ever and I close my eyes and throw my head back as I dip my toes in the refreshing turquoise water. I listen to the waves, crash against the rocks beside me and suddenly realise how much I have changed as a person in the last few months. I have immersed myself in a new country and learned to live independently. Now, on the threshold of an exciting new phase in my life, I don't know whether I will ever be able to leave home again.

For the first time, I start to question my decision. As I gaze out at the sea, the temptation to plunge back into my old life is overwhelming. I become intensely aware of what I am leaving behind – not only my family and friends but the home that provides me with such a sense of belonging and is filled with the things I love. The thought of throwing it all away once again terrifies me. For a few fleeting moments, the maturity and adaptability that have served me so well completely desert me as I am overpowered by the nostalgia of coming home and the yearning to stay.

I convince my parents to let me travel to Batticaloa to say farewell to my lecturers and friends, which I could not do before my sudden departure for India last time. I look out of the coach window, eyes darting from side to side as I survey the landscape I trekked through not more than a year ago. We arrive at Batticaloa and I swallow hard as I stand where my ill-fated journey began when I boarded a bus for home, not knowing I would be forced to walk most of the way and come under attack from the air. I offer a prayer for Saratha, whose life was tragically ended, give thanks for still being alive and wonder what happened to my travelling companions. I hope they are safe wherever they are.

I am back with the people who became my family when I was here as a student. I am showered with love, hugs and kisses and we relax together in our usual spot, on the steps of their house. My friends Praba and her sister Lali Akka – who I stayed with before my treacherous journey from Batticaloa – give me a warm welcome.

"*You're lucky to be alive after the stunt you pulled,*" says Lali Akka, in the way only an older sister would.

"*You're right,*" I nod. "*It wasn't wise. I'm lucky to be alive – what an ordeal it was!*"

The words are spoken like it was something normal but before their sound has faded they leave me feeling sick, as the memories flood back. I'm not yet ready to share the awful details with them. We talk until the break of dawn, sharing stories, our conversation dominated by the war. As we arrive at the university and walk around the campus, where I belonged only a few months before, the many bullet holes are another constant reminder of the conflict.

I am overjoyed to be back among my friends. Some are confused when they see me and wonder if I am coming back to the university. Most are pleasantly surprised to see me back, but some don't hide their resentment that I was able to leave while they were left behind. But nothing is the same. So many students have left, giving up their education altogether and returning to safer areas or, like me, leaving the country in search of a safer future. Others are missing, with no news of what happened to them. The tutors remain supportive and kind, offering the gentleness that many of us need.

"*I'm happy you're safe and have gone on to bigger and better things. Come back whenever you can – you're still part of this community.*" one lecturer tells me.

Her kind words are still ringing in my ears as I prepare to return to Trincomalee. My eyes well up as I look back at the campus one last time and wonder if I will ever return to this place, of which I was once part of. I pace up and down attempting to distract myself from my fearful thoughts before I nervously take my seat on the bus. Praba and Lalli Akka have come to see me off and, as if sensing my anxiety, Praba touches my hand through the open window to reassure me.

"*You'll be safe,*" she says, in her usual kind manner, adding tenderly: "*We're all going to miss you.*"

I look at them and manage a smile.
"*I'll miss you too. I'll write to you,*" I say.

However, in my heart, I know I might never see any of them again. Revisiting Sri Lanka has helped me, though. Being able to reconnect with my loved ones has allowed me to take a step towards some kind of closure, enabling me to draw a line under the first chapter of my life and strengthening me for what is yet to come. I will savour every moment of this brief visit, soaking in all the happiness I can and storing it up inside me for as long as possible. This time I leave Sri Lanka in a better frame of mind, knowing I will be continuing my education. The prospects for the people and the country I leave behind are far more uncertain.

As I board the plane, I remember Mummy's final words as she hugs me goodbye.

"*You're going to make lots of friends and find another home.*"

This time I do not cry as I leave. I feel strangely healed by my brief return home. I am ready to make the most of my new opportunity. I know I have been given a rare chance that war has so cruelly stolen from so many others. The next chapter is mine to write, on my own terms.

Cutting My Teeth

"The best and most beautiful things in the world cannot be seen or even touched - they must be felt with the heart."
~Helen Keller~

I join the M R Ambedkar Dental College filled with a mixture of relief, knowing my long wait is over, and anxiety at being in an unfamiliar environment, surrounded by strangers. I feel overwhelmed to be the only Sri Lankan in a large class of students and teachers, speaking so many different languages. Although most of my classmates are considerate and understanding, some students from the senior years ask whether I was part of the Sri Lankan separatist movement and a few even make fun of me, implying that I might be a dangerous suicide bomber, leaving me feeling humiliated.

My confidence plummets to an all-time low when I find out that I am the oldest student in the class, having discontinued my education after two years at the university and having lost another year waiting for my admission in Bangalore. Our class has students from every corner of India, from Kashmir in the north to Tamil Nadu in the south, and even from other countries. My room-mate in the hostel, Natasha, is used to speaking only in Hindi, the national language. She is shocked to realise that the girl she has to share a room with knows only a single word, '*pani*', (water); thanks to the IPKF. It soon becomes clear that I will have to learn Hindi if I am going to become part of the clique. I try hard to fit in, making connections and gradually picking up more words and phrases.

One of our batchmates manages to get his hands on hundred

cinema tickets for all of us to watch '*Lamhe*', with the well-known casts of Sridevi and Anil Kapoor. At the cinema we make ourselves comfortable and enjoy popcorn and soft drinks, but our laughter and chatter fail to impress the other movie lovers. I doubt that I will understand the story because of my limited knowledge of Hindi, but Natasha generously narrates the entire dialogue, doing such a good job that I experience every twist and turn of the story. I am introduced to the unfamiliar talents of the mega stars of Bollywood, though I am already familiar with the genius of Sridevi from the Tamil cinema industry.

With a few more experiences with the enchanting world of Bollywood, I soon get enticed by Hindi films; in particular I become an ardent fan of the king of Bollywood, Sharukh Khan. With the help of my friends, Usha, Kanthi and Nikhat, I first become fluent in the local language, Kannada, which is mainly spoken in Karnataka, and then as time goes on I begin to master Hindi, which dominates throughout the north of the country. Soon I am translating for friends from the north when they consult local patients or speak to the office staff. But lectures are in English, which presents me with another problem. Everyone else has studied in English, from their primary school onwards except for me. Because my education was in Tamil, I am unfamiliar with many words and am constantly referring to my dictionary to help me understand my lectures and the textbooks.

One of my seniors, Mamata, who has become a close friend, sits beside me and makes sure I keep putting in the effort and don't give up. I work hard and become proficient in speaking and writing in English by my second year and become familiar with the terminology of dentistry. But I still have the occasional crisis of confidence, surrounded by peers and friends who have a far better command of the language. My vocabulary is limited and I often struggle with words. I enhance my writing skills by writing regularly to close friends at home, sharing significant moments and making light of the distance between us. Most of our news is of our latest infatuations, the parties we go to and how we skipped lectures to go on a day out instead.

For the first time I realise that I have been given a new lease of life, even though it's been forced on me by the most terrible of circumstances and I feel thankful for it and resolve to live every moment as though it is a gift. I develop a circle of special friends consisting of Anju, Arifa, Natasha and Sunita and feel welcome amongst them as one of their "clique". They are generous and kind hearted and I know we will always be close to each other.

We become notorious for oversleeping and one day we earn our notoriety. Mamata wakes us up as usual before heading off to an early lecture but we just turn over and go back to sleep. By the time we stir again, it is ten o'clock and we decide it is too late to bother going to college. Instead, we have some coffee and snacks and return to our beds. When Mamata returns at the end of the day, she can't believe what she sees.

"*Oh my God! You girls can't still be sleeping!*" I hear her yell. The story spreads like wildfire throughout the college and we gain a reputation as the cool girls who remain unruffled.

As part of the student visa requirements, foreigners are required to undergo an annual HIV test. I am embarrassed at the prospect but try to put on a brave face. "*I definitely don't have the virus, so if anything shows up, I've got it during the test,*" I tell my best friend Natasha, in a vain attempt to make light of the looming ordeal. She offers to accompany me, an act of solidarity for which I will always be grateful. I am able to pay back this kindness by supporting other friends.

My school friend Hoshala, Komathy Akka's sister, is studying nursing in Karnataka and is unable to attend her mother's funeral in Sri Lanka due to the war. We cry together while the ceremony is taking place, back home and an emotional bond is forged between us that we both know will last a very long time.

Dr Ganapathy, the principal of the dental college, becomes my wonderful and thoughtful mentor. He understands the difficulties I face as a foreign student and encourages and supports me when the college closes and I am left behind, unable to go home because of the war. Multiple ceasefires fail to deliver a sustained peace and the crisis reaches new heights in May 1993, when President Ranasinghe

Premadasa is assassinated in a suicide attack. But here in Bangalore, I am insulated from the violence.

Like all migrants, I learn to slip from one life into another. It becomes easy over time but is always strange – fragments of my old existence in Sri Lanka still linger, tempting me to return. I am aware that my family are far away and that the war continues to tear apart my homeland. Here, I am among so many good people, life is peaceful and I am at last part of a nurturing community. My college life provides me with opportunities to grow and evolve into a happy, well-rounded adult; prepared for what I hope will be a bright and successful future.

We try to keep up with the latest fashion trends and immerse ourselves in the latest Bollywood gossip. The girls and I have become soul mates and are rarely seen apart. We share everything from clothes to our deepest secrets. We talk late into the night, lying on our backs on the roof terrace of our hostel in the upmarket suburb of Cox Town, laughing and sharing our stories, staring into the star-jewelled sky. We try all kinds of beauty regimes, makings face-masks from bean curd and mustard and putting slices of cucumber on our eyelids to hide our tired eyes after yet another all-night party.

Halfway through the soaking process after applying an oil treatment to our hair, we realise that our senior, Dolly, has run out of shampoo. As is customary, we leave as a group to go to buy some more. Dolly is far more image conscious than the rest of us, already a practising dentist. She refuses to leave the room with oil still oozing from her hair and decides the best solution is to wrap a scarf around her head. As we enter the shop, Dolly greets the shopkeeper in the typical Islamic way to match her appearance and we all burst out laughing at her amusing dramatics.

We laugh at the silliest jokes, cry when one of us is hurt and are always ready to be nursemaids if one of us is ill. I have truly found my new home, just as Mummy said I would. My friends become the window through which I am exposed to a new and exciting world. We celebrate each other's birthdays as though it is our own, surprising each other and shattering the midnight silence by singing 'Happy Birthday' and being told off by our seniors for making too much noise and ruining everyone else's sleep. I suffer a hairline fracture to my foot, when I miss a step at the cinema. I am such a party girl, even the plaster cast hardly deters me from dancing at a party on the hostel terrace.

When my friends Natasha, Arifa and I want to keep up with the latest trend by wearing a second stud in our ears, Usha and Kathy's mother, who is a doctor, does the ear-piercings for us. My friends also take me home and make me part of their own families. Natasha's parents invite me to their home in Nagpur, Maharashtra, during my first holiday because I am unable to travel to Sri Lanka and have nowhere else to stay. Usha and Kathy's parents always insist that I come to stay with them and their grandmother makes sure she cooks all my favourite dishes. My friends Revathy and Nikhat, who are from the city, invite me to family celebrations and religious festivals.

My neighbour, Suba Aunty, takes me to her family home in Mumbai with her children and Prabhu invites a group of us for Christmas to his house where we overindulge in the homemade wine his mother makes. I also take a trip to the north and visit the spectacular Golden Temple in Amritsar, take a cable car ride on the Timber Trail, near Chandigarh and am amazed by the majesty of the Red Fort and Lotus Temple in Delhi.

The brutality of war seems so far away from the life I lead now. I witness some friends finding their soul mates and many more having their hearts broken. When Mamata's fiancé-to-be, Harish, comes to meet her for the first time, Mamata gets all dressed up to make a good first impression. He is fashionably late that she decides he isn't coming and changes back into her pyjamas. But within ten minutes we hear a knock at the door and Arifa, my friend, announces that Harish is here to see Mamata. Her eyes widen in panic and she frantically orders me to stall him as she gets ready again. I slip out of the room and go to where Harish is waiting outside. I have no idea what to say to him and after the initial obligatory pleasantries, there is an awkward silence. I decide to break it in the most ridiculous way possible – I ask him how the weather is where he works. With the most serious look on his face, he says, *"Menaca, it is hot in the summer and rains in the monsoon season."* His friend, Damle, bursts into uncontrollable laughter and I laugh as well, suddenly aware that he works just two hours away from the hostel. Thankfully, Mamata arrives to prevent me from embarrassing myself any further. Despite the clumsy start, Mamata and Harish hit it off amazingly well.

Life is filled with spectacular highs as well as dispiriting lows. One of my friends is hospitalised with an infection that spreads to her brain and another has to undergo surgery for a serious bone disorder. But nothing can separate us for long. We also visit the city's slums to help the needy and run dental camps to improve their oral hygiene. I learn to live within a budget and my body's immune system must be boosted by all the street food I consume, savouring flavours from every corner of this vast nation. We taste dishes perfected in the Punjabi *dhabas* and the markets of Mumbai, *rogan josh* from Kashmir, Malabar *porotta* from Kerala and Karnataka's own speciality, the spicy lentil and rice dish, *bisibele bhath*. I can usually be seen clutching a small silver tumbler of the best filter coffee, with its unmistakable aroma. We enjoy "Death by Chocolate", a rich, overwhelmingly sweet ice-cream, at the corner house, the black forest gateaux Arthur Annan brings when he visits us, the ghee roast *dosa* from Suba Aunty and the scrumptious dishes prepared by Revathy's mum. We love life, we love food, we love each other and we grow together in amity. Wherever we go, regardless of how sophisticated or ordinary the venue is, we have a ball.

We work hard as well, and I am an enthusiastic student. I immerse myself in my medical textbooks and try to memorise all the cranial foramina, the many openings that transmit to our nerves and blood vessels. As the exams loom, I even learn to sleep with a skull beside my bed, as if the knowledge will somehow transfer itself into my brain overnight. I have come so far from when I first set foot in dental school and was rendered faint by the sight of the blood and repulsed by the stench emitting from the preserved cadavers.

In 1995, I complete my Bachelors in Dental Surgery and

embark on an internship of just over a year that will see me finally realise my dream of becoming a dentist. Natasha and I are posted in different departments but neither of us is seen without the other and we're often told off for chatting together in each other's departments. One senior student teases us by saying, "*Why don't you make a special request to be together? You girls are inseparable!*"

There's also much to look forward to in my personal life. During my internship I become friends with Rashmy and her home is almost like my own. For the first time I experience the life of an extended family living together, so beautifully united and I become close to her brothers and sister-in-law. When her mum becomes ill, I visit them every day to join their family prayers. Just before the internship ends, my own family finally becomes whole once again. First Appa and Amma come to stay with me.

Almost a decade after we were parted by the conflict in our homeland, my parents and I finally set eyes on my beloved little brother, Anojan, when he flies in from London to join us in Chennai. It feels almost surreal to be together after all these years at the accommodation we rent in Bangalore. It seems as if Anojan has transformed from a child into an adult in the blink of an eye and I must also seem almost unrecognisable to him. Amma is unable to take her eyes off her boy, as though fearful that he will vanish into thin air for another few years if she looks away.

I take three weeks leave from work to be with my family and we seize the opportunity to enjoy a special holiday together. We visit Kodaikanal, known as the Princess of Hill Stations, which is bordered by lush evergreen forests. It is a blessed relief to escape the stifling heat of the city and to experience cool, refreshing conditions, while we enjoy being together again. There are breath-taking views of the mist-covered cliffs, cloud-capped mountains and stunning lakes and valleys nestled amid the rolling slopes of the Palani Hills. We take a pedal boat trip on the star-shaped Kodai lake, before mixing with other tourists on a guided tour of this idyllic setting almost 7,000 feet above sea level, exploring its granite cliffs, forested valleys and waterfalls. As we stroll through shaded woodland we connect with nature and reconnect as a family, savouring every moment in each other's company. We combine the holiday with a pilgrimage, visiting ancient temples including *Karaikandeswarar, Arulmigu Dandayudhapani Swami* in Palani and *Meenakshi* temple at Madurai. Afterwards, we stay for a week in Chennai, explore the city and there we meet some wonderful people.

On our return to Bangalore, we rent a house and my friends visit us every day. My friends join us to, visit parks and tourist sites including Karnataka's state parliament, the iconic '*Vidhan Soudha*'. One evening of our visit it is beautifully illuminated and we are all in awe of its grace and beauty. Our guide tells us it was built by five thousand convicts in just four years and it has twelve forty-foot-high columns at its entrance and a golden four-headed lion, the symbol of India, overlooking the city from a position forty-five metres up on top of its Ashoka pillar.

I am hardly away from the family during their visit, except for when I learn that some of India's leading cricketers are coming to visit our college. I make an extra effort with my make-up and outfit in the morning and soon I'm rubbing shoulder with the famous bowler Anil Kumble, and the "Little Master", Sachin Tendulkar, the world's greatest batsman. I rub my eyes to check that I'm not dreaming, but there he is, right beside me, making conversation along with his team-mates. We take as many photographs as we can and wicketkeeper Nayan Mongia invites some of us to a party that evening. A few hours later we are giggling nervously in our best attires, not so confident now in this unfamiliar territory among such legendary sportsmen. But we enjoy every minute and by the time we head for home we almost feel like celebrities ourselves, after the experience of a lifetime and a day I know I will never forget.

In the few remaining days before their visit ends, I immerse myself in shopping with Amma and buy my first silk saree as well as some traditional jewellery. Before we know it, the three weeks have passed. We end our blissful reunion by throwing a grand party for my friends in Bangalore, before saying our farewells.

A few months after their departure there is another reason to party, when my friend Kanthi gets married. We girls are kept busy shopping and making plans and soon the day of the wedding is upon us. In keeping with the North Indian tradition, girls from the bridal party hide one of the groom's shoes. If the groom fails to find it, he knows he will have to pay the girls if he is to get it back. Kanthi's sister, Usha, and I are chosen to hide the shoe. Siva, the groom, tries as hard as he can to find it, even trying to bribe some of the others into telling him where it is, but nobody will give us away. Soon he is forced to surrender and comes to us, asking for his shoes. We giggle gleefully, holding out our hands at the same time, demanding.

"*Give us the prize money first and we'll give it to you.*

Though he grumbles, Siva sportingly hands us a thousand rupees each. I gesture towards a little boy sitting obediently in one of the chairs. He grins and jumps out of his seat, revealing the shoe that he has been sitting on this whole time. I hand over the *laddu* I have promised in exchange for his services and the boy happily devours the sweet treat. Kanthi and Siva burst out laughing.

As I complete my internship, I am jubilant to start the next chapter in my life. At the same time, I'm also sad to part from my friends who have become almost like family. As we celebrate our completion of the course having parties, dinners and gatherings, we make plans for the future, the dream of prince charming and almost imagine a life as a bed full of roses. We even come up with ideas about how we should keep schedules for reunions and holidays together. Some of us are already planning to open our own practices, some inheriting existing dental practices from parents; some ambitious ones have already got into post-graduation. Some are happy to settle down and enjoy the bliss of marriage. Who knows what awaits any of us. On the whole, we are all very hopeful about our future.

Spreading My Wings

"When the stormy winds of life threaten to knock you down may you have the courage to spread your wings and fly!"
~Lance Wubbels~

In 1997, after completing my internship in Bangalore, I return home to Trincomalee. I enjoy the familiar surroundings and the sense of belonging that comes from being at home. The love everyone around showers on me, is heart-warming. I feel blessed to be doted on and pampered by Mummy, as if I am still a child. Even though I have lived independently for almost a decade Amma and Appa insist on escorting me everywhere. In some ways, it feels like I never left home.

I shadow the dental surgeons at the Trincomalee General Hospital to gain more work experience. I have not treated people I know before. Many of Appa's patients want to consult me too, it's a very surreal experience. The nurses are fascinated by the traditional Indian clothes, I now wear and the *bindi* – or *pottu*, that I draw on my forehead, a skill I mastered thanks to Natasha's training.

I stay with a friend, Sharmin, for a dental conference in Colombo. Despite her instructions not to, I clean the bathroom after my shower, because not doing so seems impolite. Before I realise, I am falling, fast but slow, my perception of time is distorted. I try to clutch to the rail as if I was drowning but, fail. I fall on the slippery surface and smash my patella (knee cap) into two pieces. I feel my leg move in a way it shouldn't, the bone sticks out in two directions and I feel sick looking at it. The pain is unbearable and the world around me is spinning. It's only when I am administered morphine that I can breathe normally.

Appa rushes back home from a conference in New Delhi, just in time for the surgery. Here I am, about to start my career, when I am forced to walk on crutches and housebound for many weeks. I hate being unable to move about freely and I am devastated when the wound becomes infected, forcing me back onto crutches. I worry if my wound will ever heal properly.

"*Am I going to be able to do everything I could before the accident?*" I ask Appa.

"*If you think you can, you will,*" he replies, kindly but firmly.

My natural positivity then kicks in and with the support of my family and the physiotherapist, I recover. When I first begin taking a few unaided steps again, Appa teases that he has taught me to walk not once, but twice! He becomes my personal trainer at home, insisting that I learn to sit on the floor and then stand up to strengthen my core muscles.

Once I recover, I am eager to spread my wings and progress in my career. I send out feelers to my friends about any job openings in Bangalore. Fortunately, Revathy, tells me about a vacancy for a lecturer post at Dr Syamala Reddy Dental Hospital and Research Centre in Bangalore. I return to India with Amma's blessings. However, Appa is not keen for me to leave home again. In Bangalore, I am warmly welcomed back by my loving and supportive friends. I feel a great sense of achievement when I apply for the post and am offered my first job as a lecturer to teach dental students..

I discover that my junior at dental school, Thillai, is also teaching in the same Hospital. Previously, we had naturally gravitated towards each other, being the only Tamils in our hostel. We decide to share a rented apartment. It feels strange, yet comforting to be speaking in my mother tongue, Tamil, here in

Bangalore. It is a happy time as we decorate the apartment together, filled with flowers and paintings to lighten up the rustic dark furniture. I develop my culinary skills and feel proud when I buy my first scooter. Prabakar, Thillai and other friends even hold a religious ceremony, break a coconut and offer the customary prayer for the new vehicle. I love the job and the wonderful Head of the Department, Dr Geetha, helps me improve my teaching skills further. I feel ready to take on the world.

The topic of marriage had been discussed within my family and Adithya's name keeps cropping up during our conversations. Anojan knows Adithya from senior school and has only good things to say about him. Adithya is from Trincomalee, where I also grew up. Aditya like Anojan has been living in the UK for almost a decade.

My first words with my husband-to-be are spoken over the phone, during my lunch break at the dental hospital. We exchange a few letters after this, but on his next call he tells me that the letters with my horrendous scrawl are illegible. I ditch my joined-up writing and go back to the simple printing I learned at primary school. We start looking forward to our weekly conversations over the phone and the frequent letters. Whenever the anxiety of going into yet another country, thousands of miles away, to live with someone I hardly know surfaces I convince myself that everything will turn out to be good.

Just before he is due to arrive in India for our civil wedding, I miss a step as I rush down the stairs, flying like a superman, land on the ground with a thud. I open my eyes in shock, trying to move but can't. I, unfortunately, fracture my right ankle. My first instinct is to postpone the ceremony, but the elders in the family think that's a ridiculous idea.

"*But how can I get engaged without wearing heels?*" I ask my friend Thillai in dismay.

We gather at Revathy's house, enjoying the delicious food her mum has prepared and during the evening my friend Vinu comes up with a solution. *"Don't be ridiculous"* exclaims Thillai, the sensible one amongst us, but her apprehension hardly dissuades us. We manage to consult an orthopaedic surgeon, who gives in to our crazy idea of incorporating a hidden flat heel into my fibre cast for the fractured ankle. Thanks to a stroke of sheer ingenuity, he manages to pull it off, ensuring the height difference between me and my groom will not look too comical – Adithya is six-foot-two inches tall and I am a tiny five-foot-four. All my last-minute preparations are made while wearing the cast. Appa isn't impressed that I spend a full day shopping – he worries that I might do long-term damage to my ankle. But it's important for me to make all the selections, myself. I am glad Thillai's parents come early to help with the arrangements and make sure everything goes smoothly

I see Adithya for the first time just three days before our civil marriage ceremony, and I am not disappointed. But there is another problem to overcome. When he had asked for my ring size, I had sent him a thread of cotton that I'd measured around my finger. But the ring Adithya brings is too big and slips loosely off my finger. It emerges that one of his cousins had accompanied him to the jewellers and decided the thread couldn't be the right size, because it seemed too small. So, two days before the ceremony, we find ourselves without a ring. The jewellers he visits in Chennai don't have any diamond ring that fit my finger. Adithya's father comes to the rescue. He knows a jeweller and manages to get an elegantly crafted ring specially made for me just in time for our engagement. The civil ceremony takes place at the Sri Lankan High Commission in Chennai in 1998, soon after my birthday.

"*You're marrying into a tall family,*" jokes the high commissioner, as I sign my single life away. Although I am sad that Anojan cannot be here, I am delighted that one of the witnesses is Biddappa, my friend and Rakhi brother, from my Dental College. In India there are two kinds of brothers, birth brothers and Rakhi brothers. When a girl ties her cotton Rakhi wristband to a boy she adopts him as a brother with a bond of love, care and respect between them.

I continue working in Bangalore for another year and then it is time to return to Sri Lanka for the traditional wedding ceremony that will launch our life together. I have been living in India for a decade. I speak the language, am accustomed to their way of life and have fallen more deeply in love with the country's cuisine.

I have transformed from a helpless, petrified young adult into an independent, confident woman with endless possibilities ahead of me. I have formed strong ties with many families and become a part of their lives. But it seems to be my destiny to continue on this cycle of migration. It's going to be difficult to uproot myself all over again. However, I look forward to the new beginning that awaits me in London.

I am proud that though I arrived as a stranger in a foreign land, I am being seen off by tearful friends who throw a series of lavish farewell parties for me. I will always remember India fondly, as a country that nurtured me with love and affection while allowing me to gain a professional qualification and my first job. It is the springboard from which I have dived into the rest of my life. In July 1999, I stand, once again, in an airport departure lounge with tears running down my cheeks, saying my goodbyes. Some of my friends try to crack jokes to lighten the atmosphere in vain. I am now leaving Bangalore to begin a new chapter in my life.

Amma is immersed in the preparations for my wedding and spends her days with friends and neighbours making plans for the wedding ceremony. My friend Yamini, kindly offers to be my personal makeup artist for my big day. My family eagerly waits in the airport, to receive Anojan, who is back in Sri Lanka for the first time since he fled because of the war. This is an emotional moment for everyone. It is nine years since Mummy has seen her beloved grandson. Scores of Anojan's friends visit him. He has brought a bag full of chocolates for me, remembering my sweet tooth, but I tell him they cannot interfere with the special diet I've been on and will have to wait until after my big day.

Soon, it is the day of the wedding, and our house in Orr's Hill is echoing with laughter and joy fills this space after being absent for so long. I wake just as the sun rises, feeling the nervousness and uncertainty of a bride. I am the centre of attention and enjoy all the fuss and pampering that comes with it. The house is filled with people having fun, men busy decorating and women going through the last-minute details of the ceremony. There are smiling faces everywhere, with so much to celebrate. And then, in an instant, my identity changes: I am a wife and a daughter-in-law. Adithya has a large extended family and they quickly take me to their hearts, showering me with love and kindness.

A New Beginning

"Take the first step in faith. You don't have to see the whole staircase, just take the first step."
~Martin Luther King Jr.~

On November 27th 1999, I venture into the unknown once more, to spend the rest of my life with a man I barely know, in a country and culture I have never experienced. As I gaze once again at the clouds cushioning the jet, I remember the journey I embarked on before I landed for the first time in India, frightened and unsure of what lay ahead. I was a timid girl then, who had her father to guide her. Now I am a woman, who have to fight my own battles. I do not know what is to come but I am prepared for all the challenges that lie ahead of me.

I arrive at London's Heathrow Airport and the doors open to an excitingly new and frighteningly unfamiliar world. I am showered with hugs and bouquets and the move immediately feels a little less daunting. At first, I struggle with the many curious varieties of the English accent. I am once again introduced to new cuisines and the different way of life in the UK. But this land is not as strange as I had imagined and my introduction is smoothed by Anojan, my brother and other relatives. My childhood friends who have already settled here also make me feel at home. Although I'm sad to be even further away than ever from my parents, I'm comforted by the fact that Anojan is now close by.

However, I do suffer the culture shock that people from Asia generally suffer when they first come to a European country. It is almost like entering a new planet. At first, I struggle with the many nuances of the English language; even the accents confuse me. I worry that my accent and pronunciation of English will not be understood by native speakers of English. The currency used in the UK is very different and I need to familiarise myself with the various denominators of the English Pounds and Pennies.

My first year in London is filled with a series of exciting and wonderful experiences when the Christmas season starts, which seems to last well into the New Year. There is an amazing uplifted atmosphere as Londoners celebrate the beginning of the new millennium. The latest landmark, the London Eye, adds to the already outstanding skyline of London. Beautiful lighting and decorations transform the streets and there is a festive atmosphere wherever I go. As the Big Ben clock strikes twelve times, I witness the spectacular fireworks along the river Thames brightening up the already electric atmosphere. The rainbow colours of the fireworks seem to almost touch and fill the entire sky.

Ravi Mama, my uncle who always kept in touch by writing letters when he moved to the Middle East for work when I was a child, has settled in London by the time I arrived here. Although we visited all our relatives during our holidays in Sri Lanka, we didn't get the chance to become very intimate with Ravi Mama's children, as both our families lived in different cities. Strangely, now in a foreign country, we live in the same city, for the first time and I become closer to Ravi Mama's children, Sujan, Sujantha and Suman. I also have my cousins Manju, Mahindan and Sukanthan living in London. Although I grew up surrounded by friends, this is the first time I have so many of my extended family around.

Ravi Mama visits us often and continues to treat me like his daughter. He is over the moon when I arrange a surprise celebration for his fiftieth birthday at our home in April, just as the first pink blossoms are blooming on the big Sakura tree in our garden. Adithya is kind and caring, an excellent cook and the best host one could hope to meet.

For the first time, I realise the enormous responsibilities thrust upon a couple. In an effort to become responsible, I transform into a character that is in total contrast to my personality as a carefree undergraduate in Bangalore. I make a drastic transition from a carefree, happy, bubbly girl into a driven, responsible and serious woman.

I struggle to come to terms with the fact it will take years for me to start working as a professional in the UK because I have to almost start all over again to earn the required accreditation. Everyone I ask advice from seems to think that to pass the qualifying exams to practise dentistry in the UK is a gargantuan task. I become so focused on my career, finances, settling down and taking responsibility that I don't find time to indulge in my favourite hobbies including reading and listening to music. I even lose interest in the cinema, which I was so fond of as a child and as a young adult.

Adithya and I try to save every penny we can to buy our first home, settle down and start a family. I decide to take a junior position as a dental nurse rather than undertaking the studies that will enable me to practice as a dentist. I work hard to adapt as I begin my life in the western world. Although I find the role of a dental nurse surprisingly challenging it is disheartening for me that I am not able to work as a dentist. Just over a year after I landed in London, we manage to buy a house. Family and friends gather to share our happiness. At last, we have a place to call home.

My career prospects also improve when I am promoted to a practice manager's role. But before long I decide to go back to studies and begin my professional education all over again. I surround myself with textbooks, trying to understand the nuances of the UK healthcare system and how best to integrate as a professional in the NHS. But whenever I try to obtain a training post in the hospital, I find the door is constantly slammed in my face. I find the experience discouraging as I need the training post to complete my membership exams.

Meanwhile, Adithya and I continue to make a happy home together and we are both overjoyed when I become pregnant in 2002. Having married at the age of thirty-one, I feel the pressure to start a family before it is too late and I decide to take every precaution I can to nurture this new life inside me, starting with foregoing my beloved coffee until the baby is born.

My hopes of becoming a dentist in the UK becomes a possibility when I am privileged to be introduced to the kindest, most generous mentor, Russ Ladwa, a clinical postgraduate dental tutor at Avery Jones Medical Educational Centre. I benefit from hands-on courses held in a mobile classroom unit. Russ helps me prepare for my Faculty of Dental Surgery membership exams. Although I feel nauseous, on the way into the examination hall, because of my early pregnancy, I manage to complete the membership exam.

By the time I get my turn on the waiting list for the part one of my International Qualifying Exam (IQE), which will entitle me to practice as a dentist in the UK, I am seven and a half months' pregnant. Adithya's sister gives him strict instructions to drop me off at the exam hall to prevent me from getting tired. Unfortunately, we are stuck in gridlocked traffic outside Guy's at St Thomas' Hospital, on one of the hottest days of the year. By the time I arrive at the exam hall I am gasping for breath and in excruciating pain from running to the exam centre to be on time. People seeing me must think I have already gone into labour!

After each stage of my studies, Russ inquires how the paper has gone and is eager to advice when I need help. He always finds time to listen to my concerns and even takes an interest in my general wellbeing, beyond dentistry, as I battle with swollen feet, aching back and heartburn that are some among the many unpleasant side-effects of my pregnancy. He guides me through my vocational training and supports me without judgement or criticism whenever I struggle and sometimes fail. He is always there to offer an encouraging word and shares in my happiness at my achievements. I couldn't have done it without him. I am eternally beholden to Russ.

Meanwhile, at long last, peace seems to be on the horizon for Sri Lanka. The country is exhausted by war and both the rebels and the government agree to a ceasefire brokered by the Norwegians.

Weapons are decommissioned and transport and air links are restored. As part of the deal, the government lifts its ban on the rebels and in return the separatists end their demand for a separate Tamil state.

Amma plans to come over to be with me for the delivery of my baby, in September 2002. Anojan warns Amma not to be shocked by the change in me, as my appearance and the outlook on life has changed noticeably in such a short space of time. As I prepare for the exams and get ready to have my baby I almost stop caring how I look, which is in total contrast to the person Amma knew.

Adithya, Anojan and I wait in the airport arrivals hall, excited to welcome Amma to the UK. I am anxious when I don't see her with the first wave of disembarking passengers. When she finally emerges, my heart leaps as I see her for the first time since I came to the UK, three years ago. I realise how much I have missed my loved ones. Amma had stayed behind to translate for a stranger she had met on the plane. She has a gift for making friends wherever she goes and tries to help anyone who is in need. Amma looks older but is her usual bubbly self, even after the long flight. As we drive home, we can't stop chatting. I try to bring her to speed with what is happening with me.

Our family and friends come to visit us and it's almost a party-like atmosphere at home. Once everyone leaves, despite her jet lag, Amma and I talk until dawn. She has brought many of my favourite sweets and I overindulge. Just having Amma around makes me feel stronger. She has brought so many clothes for the new-born that we don't have to buy any baby clothes for a year. We quickly get busy shopping, arranging our house and preparing to welcome the new addition to the family.

Amma urges me to rest and scolds me as I move furniture around and try to climb a step ladder to rearrange the ornaments and curios. As I display them, I remember the special occasions and places we have visited. Autumn is on its way and the vibrant brown and yellow hues are beginning to show in the trees. Amma is fascinated by the change in season and the beauty it brings, as my due date comes and goes.

Then one day, I can't feel the baby moving inside me. I have been monitoring every kick, wriggle and twist and I am alarmed when they suddenly stop. I know it is a worrying sign. It had been reiterated in ante-natal class that it is not healthy for this to happen late in pregnancy. Amma looks at me strangely when I first tell her about my concern but shares my sense of alarm when I explain what we were taught. I am rushed into hospital, where I undergo an emergency caesarean section.

While in the womb, my beautiful baby had inhaled amniotic fluid containing meconium, which can be potentially fatal. Despite the staff being warned that all is not well with us, my baby (Asha) and I are left unattended from late afternoon until the early hours of the following morning. As I lie there trying not to drift off to sleep, I can hardly feel my legs waist down. I hold my baby tight, frightened to loosen my grip. Finally, a nurse appears and I can feel the bed being rolled into a small room. Asha's breathing is affected by her ordeal and she is taken to the neonatal unit.

I am discharged home because there are no beds. Asha is eventually allowed to come home. Asha experiences the unconditional love of a grandparent as Amma coos over her every minute she can. To add to our worries, on the day I am taken into hospital, Amma also learns that Appa has been taken ill with a heart problem. These are very challenging times for our family and Anojan flies to Sri Lanka to care for Appa, as he undergoes an angioplasty. Amma looks after Asha and takes care of the house chores as well, insisting I should concentrate on my studies.

Secure in the knowledge that Amma is around I get back to my books. Four weeks after Asha is born I take a week-long course at the Royal College of Surgeons. Asha is well settled at home and she is developing into a healthy baby. Mamatha, my friend in Bangalore, comes to see Asha from Scotland and it's such a delight to see her. Every day, we are excited to see a new milestone of her growth. I am apprehensive when it's time for Amma to leave, not sure that I can handle my studies and the care of Asha alone. As we stand in the airport to send her off, I have to now get used to being far from her again. I wish I could join her to see my family in Sri Lanka. I promise to make that journey as soon as I possibly can.

I try to learn how to drive a car so that I can be more independent. When I take the exam, though I have driven many times, I panic when I miss a sign on the road. The kind examiner explains I was driving well up to the moment I realised the error. He advises I should never let a minor error affect the entire driving and wishes me luck for the next test. I soon realise this lesson is applicable to all aspects of my life. Adithya tries to teach me driving and we agree this is something best left to the instructor as we find out how difficult it is to teach or learn between spouses. Though I am devastated by my failure, I make it my mission to pass the driving test.

I study for my part-two exams while Asha sits in her red rocking chair trying to grab the bright animals and birds hanging over her from the carousel. But these exams are more demanding and I have to begin practising for the clinical segment. I apply for many placements, but each time I open a letter, my spirits are raised and then dashed again by yet another rejection. Then, the day before I am due to leave for Anojan's wedding in Sri Lanka in April 2003, I receive a phone call inviting me to come for an interview. I head to the Lister Hospital in Stevenage, where a consultant agrees to allow me to shadow him for a few weeks to see how we get on.

A few hours before our departure, I manage to sprain my left ankle while rushing to collect some money from the bank. As if it's a custom to be in a cast on special occasions, I have my ankle in plaster once again. I recall being in a cast for my own wedding and the stunt we pulled incorporating a heel into the cast brings a smile to my face. Despite the pain, I am in high spirits as we finally depart for Sri Lanka, looking forward to being with my family again.

Our families are excited to see Asha and both her maternal and paternal grandparents are totally smitten and compete to take turns to hold her. There is festive ambience at home as we prepare for Anojan's wedding. With the blessings of family and friends Anojan is married to Sunthari. Kumar Annan, Sunthari's brother, who is considered family, his wife, Sathya, Adithya and I enjoy the vital roles we play in the wedding. The customary blessings the newlyweds seek by falling at our feet is a new experience.

While we are at home, we try sponsoring a family member to bring back with us to look after Asha. But when the visa application is rejected I am forced to make one of the most difficult decisions of my life. Looking after Asha and studying for the final part of my exams is almost impossible and the elders in the family convince us to leave her in Sri Lanka, where she will be looked after by both sets of grandparents. They insist that arrangement will be so much better for Asha than being left with a child minder, who is a stranger.

Shyamini, my dearest childhood friend comes home with her children to see Asha.

I am conflicted about the decision to leave Asha behind. Shyamini is a mother three times over and understands my predicament. I know I can rely on her advice and discuss my concerns with her. She reassures me that Asha will be much happier amongst people who wanted the best for her. Her advice sets my mind at rest.

We get each other up to speed about our lives and I realise how our decisions have led us to contrasting paths. I am amazed by the ease with which she handles her three children and supports her husband in their business.

As we chatter, Shyamini's youngest daughter comes to lean against her mother, and looks at me with wide open eyes. I smile at her and say, *"Do you know your, Cowshika Akka, and I share the same birthday?"*

I turn to Shyamini and tell her that it is a blessing because we can never forget each other. And she says heart-warmingly, *"Menaca, how can I ever forget you? You are my "Forever" friend!"*

Shyamini and I lead lives in different parts of the globe, with our own struggles and successes and have very different lifestyles. In spite of these differences the bonds of love and friendship have survived and I know that Shyamini will always remain my special friend for life.

I know Asha will be loved and well cared for. As the eldest grandchild, she is the princess of the family and is doted on and pampered by all. The household revolves around her and everyone adapts their schedules to accommodate her needs. Chitthi, my lovely aunt, often gets up in the early hours to prepare Asha's meals so she doesn't miss any of her precious time with the baby and Mummy is equally dedicated, sitting by Asha's cot and soaking in every moment with her. Appa takes her for a drive into town every day and Amma dresses her in the latest fashions, and has the clothes specially made by the local tailor.

Adithya's family are also on hand to care for her and play with her. They set up a sky-blue playhouse, filled with dolls and toys in their own home to keep her entertained during her regular visits there. But I still feel a deep void in my heart as I leave her thousands of miles behind, and struggle with immense guilt every day. I console myself knowing we are unable to give her the attention she deserves here in London, with both of us working to make ends meet and me working hard for my exams.

I begin my honorary attachment in Stevenage, only to discover that I am unable to sit my next exam because my new post hasn't been approved by the Royal College of Surgeons. Despite this blow, I am blessed by fortune once again. I am mentored by the most amazing and inspiring consultant, Charles Benedict. He teaches me methods of treatment planning and effective communication and, more importantly, how to be an effective teacher and mentor. Charles explains everything patiently whenever I need clarification and challenges me to be more confident. Every day he waits until I have completed my duties and joins me for lunch in the canteen and then gives me useful advice.

"You shouldn't add any sugar to your daughter's food," he tells me one day.

I'm astonished at this suggestion – everyone I know adds sugar.

"Everything will be so tasteless," I tell him.

"That's only because you're used to it," he insists. *"If you don't add it from the beginning, she won't know any different."*

I find this information interesting and useful. Before the end of my first month Charles tells me to apply for my next exam. I reveal to him that I won't be allowed to do so, as my post with him wasn't officially approved. Charles gives me a mild ticking off, and though I don't realise it at the time, he takes it upon himself to ensure that the post is given the necessary accreditation.

"You have no excuse now," he announces two months later when he tells me about my post being accredited.

"Get your application filled in and I'll sign it off for you," he adds.

I don't know what to say, stunned that someone would go out of their way to help a relative stranger. The process is demanding and stressful but Adithya gives me his full support.

My parents send monthly updates and photographs of Asha. Appa and Amma have so many tales to tell me of Asha's intelligence and mischief. Once, during our frequent conversations, Amma laughs as she tells me how Appa fixed a rattle that Asha broke. Appa had to dismantle it again as Asha insisted that she wanted to mend it herself.

I visit Trincomalee four or five times that year. We are there to celebrate Asha's first birthday in October 2003 and just days before the celebrations, we are there for the emotional moment when she takes her first faltering steps. I am overjoyed when she falls into my arms after making her way across the room. She also starts to form baby words and when she finally manages to call us *"Amma"* and *"Appa"*, I burst with pride. My own Appa has become a father figure to Asha and teaches her to call him *"Papa"*.

For Asha's birthday, the family throws a party with a princess cake and three beautifully sewn dresses for her to change into. We all laugh as Amma tells us that Asha is the only person who can challenge Appa and get away with it. He was very strict with us and doesn't understand this new generation.

"When she was naughty, Appa once said he would give one of her toys to the little girl next door. Asha shocked him by gathering all her toys into a pile and said, *"Here – she can have all of them!"*" Amma recalls.

But a few days later I am kissing her goodbye as I am forced to leave her behind once more. I throw myself into my studies, knowing the only way I will be able to afford the childcare that will enable her to return to London is by completing my exams. The day before my exams begin, I am placed under observation in the Accident and Emergency Department (A&E) following an asthma attack. I continue reading my textbook while I am hooked up to the nebuliser and a considerate doctor strikes up a conversation.

"I really don't think you should be studying now," he smiles kindly. *"Try taking some rest, as the nerves are not going to help to bring your asthmatic attack under control."*

I am prescribed steroids and advised not to sit my exams, but I decide to take my chances against all advice, knowing that the alternative means prolonging Asha's stay far away from us in Sri Lanka for even longer – and that's a prospect I cannot bear. It is a demanding and stressful process but finally, in 2004, I complete my studies. As soon as I get my results I take a flight to Sri Lanka and bring my baby home.

By this time the fragile peace in Sri Lanka is showing some signs of strain, especially when Tamils in separatists-controlled zones are excluded from voting in the general election in April 2004.

Back in London, Adithya converts a bedroom into a nursery, painting a Winnie the Pooh mural on the walls and dazzling reflective stars on the ceiling. I buy my first car, a silver Volkswagen Polo, and I am jubilant to own a car at last in the UK. Amma comes over to the UK to help me with childcare so that I can complete my membership exams. I cannot stop laughing at Amma's reaction when Asha tries to correct every 'F' Amma writes into an 'E' as if Asha feels it is a mistake. By the time Amma returns to Sri Lanka she manages to teach all the alphabets and some numbers to Asha.

I begin my professional career as a dentist at a practice in Hertfordshire, thirty miles away from our home, and later move to a practice closer to home, in Kilburn. Each day begins or ends with the nursery run, depending on my arrangement with Adithya. It is often a stressful experience as I desperately try to make my way through the dense London traffic to beat the six o'clock deadline and avoid incurring the disapproval of the nursery staff. But soon I realise that here in my new home, anything is possible.

My first trainee nurse, Magda, is from Poland and we instantly hit it off, sharing the same sense of humour and attitude to life. As she thumbs through the dictionary searching for medical terms, it's like seeing a reflection of me in my first year at dental school. There is happiness when my parents come over for my graduation and I see how proud they are at the ceremony. That makes all the challenges I have faced seem worthwhile.

Watershed Moment

"Do not judge me by my successes, judge me by how many times I fell down and got back up again."
~Nelson Mandela~

There is more joy for the family as Anojan and Sunthari welcome their twins Abinaya and Abishna, in October 2004. I'm overjoyed to have nieces that are the first identical twins in the family. Anojan decides to join his young family in Sri Lanka, where they have settled. However, the universe has different plans. Just a few months after he joins them, the ethnic conflict flares up once again and it becomes too unsafe to stay in Trincomalee with young children.

Sunthari, her parents, the children, Amma, Appa, Mummy, Chithy and Baba Mama all flee to Chennai, India. They rent two flats, much smaller than the spacious homes they are used to. After some initial difficulties they manage to adapt to their new environment. They make new friends and become accustomed to life in India. Anojan returns to the UK to work, to be able to afford the additional expenses of the families living in a foreign country, as they have to rent houses and have no income. Anojan and I help both the families settle to a comfortable life. As a father leaving his young children it must have been distressing for Anojan. Appa tries to get used to staying at home, not working for the first time in his long career and it is a testing time for all of us.

In my next post, at a dental practice in Hertfordshire, the head nurse calls me the girl who was "born with a silver spoon in my mouth". If only she knew how much I have gone through to get here. It strikes me as strange, how people often perceive others to be so different from the reality of who they are. No matter how much time you spend with someone, you may never know the challenges they have overcome to reach this moment in their lives. None of us ever know how many more struggles still lie ahead.

As the mother of a growing child, I now have many more responsibilities than I did earlier. I often rush to pick up my daughter, fighting against the traffic, trying to deal with the guilt of leaving my child in a nursery at an early age. I try hard to be successful in my personal and professional life. I tell myself "If I work hard, I can follow all my dreams". Though I struggle, I am able to learn, grow and develop in a new land.

The news from Sri Lanka, though, is still deeply worrying. The bombs and guns have returned. This time the focus of the bloodshed is the civilian population, with bus and train attacks killing scores of innocent commuters. The peace talks in Oslo are a spectacular failure, with the two sides refusing to talk to each other, and in 2006, the Fourth Eelam War begins.

Our family is united in Chennai in June 2006, as we celebrate Mummy's 90th birthday. Even at this age Mummy still follows the latest fashions and has a wonderful sense of style. Amma and I buy a saree and a blouse as a gift for Mummy to wear on her special day. To our dismay, she disapproves of the blouse, saying the colours don't match. Needless to say, Amma manages to get another one stitched in time and this is given Mummy's seal of approval.

We even coordinate the dresses of her great-grandchildren Asha, Abinaya and Abishna. Four generations are celebrating the pillar of our family who keeps everyone together with her unconditional love, compassion and fairness. It's a scene of children playing, singing and memories being created to last a long time. There is nothing but, joy, fun and laughter at Mummy's birthday celebration. After the festivities, it is time to say farewell and my brief escape from reality comes to an end.

I pay my dues as a trainee and as an associate and gain experience. I work hard to build up my reputation. After a few years of practising dentistry, when I am ready, I take the plunge and buy my own healthcare practice. While my professional life is taking off, my home life suffers. Adithya and I always have relatives and friends over for celebrations and get-togethers and the house is often filled with the sound of chatter, song and laughter.

From the outside all continues to look well, but in truth, the pressure of establishing a new career and raising a child without any wider support begins to take its toll and the fabric of our relationship tears. We don't have the time or the resources to work at our marriage and mend our differences. Instead, we gradually drift apart, slowly at first but the rift gets wider until the complete breakdown of our relationship becomes inevitable.

Adithya and I agree to a divorce in 2008. As we begin to divide our household belongings, I realise that every little object, even something as simple as a clock, has a history. Every gift becomes an embodiment of the person who gave it. The one consolation is that we never descend into throwing mud at each other – there is no drama, no one else is involved in the process and we manage to part ways as amicably as we possibly can.

My parents remain in India during our separation and divorce and I fly between the two countries frequently, partly to support them and partly to keep my sanity. It's only when I stare blankly at the document in my hand that I begin to realise the impact of the words. Amma says I'm the first person in the entire family to get divorced. My dry sarcasm kicks in and, as usual, I try to make a joke of it.

"Well, now I've led the way, everyone else can start queuing up!"

A few people see me as a victim – a single mum with a young daughter –while to others, I am an embarrassment: *"How can she bring such shame to the family?"* they say. Only being married, happily or otherwise, fits in with their view of the world. Then, there are the supportive ones, who check on me once in a while, support me with childcare when it's most needed and they are there for me when I have those *"I can't do this any longer"* moments. Fortunately, Adithya is a wonderful father and takes an equal share in the responsibility of caring for our child, Asha. Even though Asha has two homes, her primary school teacher helps her see it as a benefit. She points out how she will have two sets of presents, parties and toys.

Two people enter into marriage with the dream of living happily ever after. No one marries with the intention of separating. Just because a marriage breaks downs, it does not necessarily mean there is a fault in either of the partners. I have also learnt that we can easily fall into the trap of blaming one partner for the failure of a marriage – we all have our own weaknesses and, in a partnership, both partners are culpable. It is about the compatibility of two people and whether they can weather the storms of life together. We might have failed as partners, but we are by no means failures as individuals.

When a marriage fails, we are hurt, feel drained and are left with a sense of failure. We don't need any more punishment from society and especially not from the people we know, love and whose opinion we respect. There's no secret recipe, no magic spell and certainly no guidebook for a successful relationship. Only those two people are entitled to decide what is best for them. I am by no means advocating divorce – marriage is a sacred institution and I am all for making it work. But I don't believe in being in a relationship which is detrimental to one's soul, or which doesn't allow two people to love, grow and be a unit. If there is one lesson I learnt during this time, it is the value of being surrounded by positive people. Change your environment and you'll see yourself change too.

Some look at me and think the divorce isn't affecting me at all. They can't understand why I don't look more upset. In actuality, it impacts me profoundly. But crying isn't going to make the situation any better, so what's the point of doing it? Instead, I face the reality head-on and taking one step at a time. I begin to create a new reality. I immerse myself in work, while spending as much quality time as I can with Asha. Slowly to start with, painfully at times, we finally find our own routines in our new world.

However, at times, I am still too scared to look in the mirror, thinking whether the fault lies in me. Fearing that what many say about me is right — me not being able to fit into the norm. I want to prove them wrong. I become the person everyone around me wants me to be. I feel I'm not good enough, not worthy enough, not smart enough and not beautiful enough. I'm caught up in a swirl of emotions, a storm I have no strength to resist. I gradually come to realise, unknown to me, I was wearing a mask to hide my pain, a façade to help me get on with my life and avoid having to answer the endless onslaught of questions – What happened? What went wrong? Couldn't you have fixed it for the sake of your child?

This realisation that I was hiding behind a mask is a revelation. I try to peel away a layer of that mask each day and begin to find more of my true self, buried under it. I am blessed to have a supportive family that doesn't consider divorce as taboo. They support me in my journey to rediscover myself and succeed as a single mum. I have friends who don't care about my marital status or about my material possessions. They value me as an individual and cheer me on through my triumphs and willingly offer support when I face my trials.

I am on one of my frequent visits to India when I realise Amma seems to be breathless every few steps and has to take a break every so often. This is atypical of Amma as she can spend the entire day walking, especially when shopping. I am concerned and advice that she gets it checked. As her cousin and family are on a holiday in Chennai, she insists she will have a check-up only after they return. I'm very frustrated and upset with her for not putting her health first. I tell her *"Don't call me if you fall sick. I am not going to come."* I am convinced that something is not right with her health, a gut feeling perhaps. Even Appa tries convincing her to have a check-up but to no avail.

A couple of weeks after the holiday I return to the UK, trying to catch up with work when I get a call from Appa. He says *"They have found five blocks in Amma's heart and the cardiologist has advised urgent bypass surgery."* I am very upset. My parents have been my source of strength all my life. The fear of losing them is too much to bear. I pray to every God, hoping Amma will make a full recovery. We are all desperate to be by her side. Anojan, Asha and I fly over to Chennai as soon as we get the visa, which takes three working days to be issued. My friends, Prabhu, Revathy and her mum, are already in Chennai to support my family. As in every other stage of my life, my friends support me through this distressing time.

Amma has the surgery and as we wait for the news in the white-walled building, there is pin drop silence amongst us. We are all caught up in our own thoughts, hoping, praying and waiting for a positive outcome. After several hours, we are relieved to hear the surgeon reassure us that Amma's operation went smoothly and she will have a safe recovery. The following day, the immediate family are allowed to visit Amma in the Intensive Care Unit (ICU). Amma looks so weak and pale and appears to have aged suddenly. Anojan and I take turns to stay with her as she begins to show early signs of recovery.

Asha is missing school and I need to get back to work, so, we return to the UK a day before Amma is discharged from the hospital. My only consolation is that Anojan is able to stay back for another week to support Amma, as she recuperates. We return to our routine and try to get on with our lives. Asha is now six years old and Adithya and I continue to share her care between us. As a single parent, I try to balance being a mother and a professional. I stay late at work on the days Asha is with her father, so that I can manage to finish early on the days I have to pick her up from school. I'm so busy, I did not even take notice when a minor cut I receive at work becomes infected.

The next day when I pick Asha up from class, Rohini, her teacher, enquires about my hand. I assure her that it's nothing, smiling to hide the pain it is causing me. However, she advises me to get it looked at, just in case. I reluctantly gaze down and for the first time I notice that the entire hand from the wrist down has turned black. I am no longer immune to the agony as I drive myself to the A&E, where they tell me the spread of the infection is dangerously extensive. I need to be hospitalised urgently so they can administer intravenous antibiotics and then operate the hand in the hope of preventing permanent damage.

I am thrown into a blind panic when I hear this, as I have no childcare arrangements in place, but I have no choice but to accept the doctor's advice. Adithya's cousin, Suba, offers to look after Asha while I'm at hospital, which puts my mind at ease. Anojan comes to the hospital to stay with me as he does not want me to be alone before the operation. He even braids my hair and is complimented for his attention to my wellbeing and comfort. He has always been a supportive brother.

The kind hand surgeon works beyond his duty hours to perform my operation, worried that any delay could impact my career. I am deeply indebted to him for putting a stranger's interest before his own, which goes beyond his duty of care. Although he chooses to stay back, he doesn't feel he can ask his anaesthetist to do the same. This means more agony for me, as the operation has to be carried out under local anaesthesia.

I am very despondent because of the divorce and now I am unable to work because of my hand. Amma's friend, Suguna aunty, cooks meals and helps me with looking after Asha. As always, my friends are my strength; they are there to listen, to laugh and to cry with me. Natasha, who I first met in Bangalore, is now living in Newcastle and we have become closer than ever. She calls to check on me and learns that I don't have a microwave. The next morning my doorbell rings and a deliveryman holding a brand-new microwave stands before me. He tells me he has specific instructions to install it himself. It is the most thoughtful gift I have ever received.

I know I would not have come through these challenges without these special people. I discover new avenues of interests in this period, which includes travelling and photography. I continue my transformation into a self-reliant, self-aware and independent woman. Life seems to be settling down.

Carousel Of Life

"I would like to thank the people who've brought me those dark moments, when I felt most wounded, betrayed. You have been my greatest teachers."
~Oprah Winfrey~

I am in high spirits after the short respite in India with my parents. In September 2008, I drive to work enjoying the bright sun and the breeze, listening to Radio 4 on the car, recollecting the cherished moments with family. But the fates haven't done playing with me yet. I walk into work and greet my receptionist with a smile. He unsmilingly points to a brown envelope marked HMRC. Anxiety creeps in as I open the letter and read with horror that my tax is overdue. My heart sinks but I am sure there has been an error – I distinctly remember paying the bill in August, before my summer holiday.

Ajith, my practice manager is on holiday. I ask James, the receptionist, to hand over the week's mail and discover a bulging pile of unopened letters. I can't imagine what could have caused such a backlog and frantically rip them open. My heart races as each one tells the story of another overdue or missed payment to our suppliers and other creditors. I frantically call them one by one, and they confirm that I owe them money. It's clear that something has gone badly wrong. In desperation, I call the bank manager. He tells me that all the assigned payments are credited to the same name – an employee who I know well and trust implicitly.

"There's a man waiting in there for you," James says, motioning towards a meeting room. I greet Mr John, a short, stout man

wearing the biggest glasses I have ever seen, an officer from the HMRC.

"Yes, young lady, you haven't paid your tax," he tells me.

"I've just realised that my funds have been embezzled! I'm trying to get to the bottom of it," I tell him.

"You don't seem to know anything about running a business", he says bluntly.

I realise, reluctantly, that he's right. I'm given a deadline of a few weeks to pay my tax and the officer advises me to get a grip on my business if I am to have any chance of saving it at all.

I quickly work out that tens of thousands of pounds that belong to the business has disappeared. I am stunned that someone who I've known and trusted for more than fifteen years would commit this treacherous act. As a result of this embezzlement, my business is brought to its knees. I have countless outstanding bills and I don't know how I will settle these. Discovering that all the money I have earned with my hard work has been stolen is a shattering blow. I am so emotionally damaged and frail that I am unable to take on the battle of pursuing the missing money. I have no time or energy to deal with all the emotions and practical repercussions that follow, exhausted by the divorce and the responsibility of a young child to care for. Only my close family and friends know the full details of what happened. I bury my head in the sand. How foolish I am to convince myself, I can earn my money back as quickly as I lost it. I let Karma deal with the person who swindled my money.

I am frightened, lost and alone. My life has gone backwards in every way imaginable and I'm further back than when I first arrived in this country, my dreams of running a successful practice now lie in ruins. I work harder than ever but am spinning around in circles and despite my frantic efforts, I achieve nothing.

Sri Lanka is also going through a tumultuous time and the long civil war seems to be heading towards a bloody, drawn-out conclusion. At the beginning of 2009, the remaining rebels controlling territories in the north-east are driven out and the government inflicts a series of major defeats on the separatists, culminating in the decisive Battle of Aanandapuram, on April 5th 2009. Tens of thousands of civilians are made homeless by the fighting and many killed, when the retreating rebels enter a no-fire zone.

On May 17th, the separatists concede total defeat and the following day the officials declare victory. The Government announces the death of the leader, Velupillai Prabhakaran and his death effectively ends the separatist war. Around a hundred thousand refugees are freed from camps in the government operation that follows. Even time can't heal the damage wrought by thousands of senseless deaths and widespread destruction or the impact on the physical and mental health of the survivors. To truly recover and be a united nation once again, so many bridges need to be built to heal the ugly divisions that have opened up between our communities on this beautiful but broken island.

On the bright side, our family continues to expand. We have a new addition to our family in 2009, Abimanu, Sunthari and Anojan's son is born. As the first boy in the family, he soon becomes the centre of attention. We are all delighted as he brings immense joy to the family. Asha is also happy to add another cousin to her list of playmates. I am so pleased when people tell me my nieces Abinaya and Abishna resemble me.

Though my parents had tried to make a new life in India, the pull of their past associations and ties to Sri Lanka are too strong to resist. They decide to move to Trincomalee, back to the familiar surrounding amongst people they had lived with most of their lives.

My parents are astonished at how much effort people around them had made to keep our home and our belongings safe. They pick up the strings of their past existence and resume normal life. Amma tries to get our home back into order after a long absence and our neighbours help them settle back with ease. Our family is blessed with such love, kindness and generosity from everyone around them.

I'm struggling to make ends meet. I'm constantly tired and stressed as I try in vain to get the practice back on track and I have no time for friends, or even for Asha. Something has to give and in January 2011, the wheels finally come off spectacularly. I collapse in agony and am diagnosed with a prolapsed disc and cervical spondylosis and am asked to keep off work for a few months. My life is falling apart. I can see no way out of my situation and am rapidly giving up hope. Finally, I decide to sell my practice and go back into employment. Disheartened and lost, I call Appa and finally tell him the whole story. He can't understand how I came to this state.

"You've wanted to have your own business since you were ten years old", Appa says. *"You have to work out a way to turn things around and live your dream."*

Something shifts within me, when I hear his words. I instantly know I must change my mindset. For the first time, I manage to step back and see my problems objectively. There are no accidents in life. Every experience we face prepares us for what is yet to come. Overcoming such tests makes you stronger and more confident.

I remember how Amma has seeded the basics of resilience in me, when I was at school with such ease. When I was around ten years old, Amma bought me a beautiful blue dress I needed, to perform in a school play. But as I was proudly walking into school, another child bumped into me and I fell into a puddle. I realised with horror that my beloved dress was ruined and I didn't have anything to wear and I turned to Amma with tears welling up in my eyes.

"I'm going to miss my performance now", I tell her, heartbroken at the prospect and mortified at the thought of anyone seeing me in this dishevelled state. *"We'll just have to go back home."*

But when we get there, Amma changes me into a glittering red dress instead and we rush back to school and explain the situation to the head teacher. *"You look so lovely!"* she says.

I manage to perform on stage and I have never felt so special. Afterwards, everyone tells me how beautiful I look and how they will always remember my sparkly red dress. Appa's pep talk has a similar effect on me when I want to give up and walk away from my business. I was convinced the show was over, but just like Amma, all those years earlier, he manages to persuade me otherwise and convinces me not to give up on my dreams.

I finally accept that my money is gone and cannot be retrieved. I have to start all over again. Reality has a way of teaching people how to adapt to shocks and surprises. As soon as I acknowledge that there is no quick fix, I begin to move slowly towards financial recovery, saving every penny and pound I could. I make mistakes and fall along the way, but I eventually manage to start moving in the right direction. The biggest lesson I learn is that although I am proficient in the technicalities of my profession, I am not running my practice as a business. I don't understand the essential fundamentals of how to manage a business.

I begin to understand the importance of budgeting in both my personal and business finances. I prioritise my needs and make sure all the essentials are taken care of and then start thinking of ways I can rebuild my financial health. I start reading business management books, asking other business owners for advice, learning lessons from business experts, anything I can to acquire the knowledge and skills I need to run a successful practice. My priority is to plug the financial leaks and introduce policies and processes to increase efficiency and manage risks vigilantly.

I learn how to forecast growth. As a result, this improves cash flow and profit. I equip myself with team-building and marketing skills and incorporate systems to ensure we provide a high standard quality of service to the patients. I grasp the importance of celebrating achievable goals and milestones and give myself reasons to look forward instead of backwards. In the years that follow, my business expands and become a teaching practice. As a team we multiply our patient base by bringing it up to date with cutting-edge facilities and technology and we even get shortlisted for the London Business Awards and achieve Good Practice status for consecutive years.

My private life also seems to be improving. In the summer of 2012, the whole country is caught up in the buzz of the Olympic Games taking place in London. The usually aloof commuters going about their business on tube trains and shoppers in the malls seem happier and more willing to smile at strangers. Everyone seems united in sharing the excitement and emotion as we watch the inspiring stories and accomplishments of the athletes from around the world competing for the sport's greatest prizes. We are mesmerised as Hussein Bolt wins a gold medal and Andy Murray goes on to make history in Tennis.

Second Chances

"Success is not final; failure is not fatal: It is the courage to continue that counts."
~Winston S. Churchill~

Family and friends try to convince me to find love again. They tell me, I am a person who has so much love to offer and the capacity to receive and cherish. When I consider getting into another relationship, it was not easy for me to let my guard down again. I had lost trust in romance.

It is during this time that I make the acquaintance of Naresh; a divorcee living in the North of England. It was initially difficult to put all my faith into a new relationship yet again. I convince myself to invest in the relationship because I think we have a chance of making a successful relationship, given the common interests and similarities of our upbringing. Everything seems to be rosy. I decide to follow my heart and ultimately take the plunge. Our relationship progresses in leaps and bounds and within six months Naresh proposes marriage to me and I accept.

Two years later, Asha and I board the plane to Sri Lanka for my traditional wedding, my phone rings. I see Appa's name and immediately feel my heart pounding – it's always Amma's job to deal with travel arrangements and coordinate plans for everything.

"Don't worry," he says. *"Everything is okay, but Amma had a fall today and fractured her wrist."*

I give a sigh of relief, remembering the call five years earlier to tell me she needed to have a heart bypass. As only Amma can do, she still manages to travel for six hours to greet us at the airport. When we arrive at the house, even though Amma has warned me to expect this, I'm shocked to see that Mummy is so frail and weak.

The next few days fly by, making arrangements for the wedding. We have visitors at all hours to celebrate the occasion. Naresh and I tie the knot in the Hindu tradition, among my very close circle of friends and family. We try to squeeze in some sightseeing and socialising in the short period we are there and Anojan goes to India to be with his family for a surprise holiday, on his wedding anniversary. Asha is jubilant when he takes her along and she is able to spend some time with her cousins.

As we board the plane back to the UK, we receive the devastating news that Mummy passed away. I am blessed to have been close to her all my life and to have been able to receive her care, guidance and most of all, the abundance of love she showered on us all. I am proud to have been the eldest of her eight grandchildren – I sometimes secretly think I was her favourite grandchild. She was the most gracious lady I have ever come across. She was like a mother to anyone who had the good fortune of knowing her.

Mummy encouraged me to pursue my dreams without limiting myself. I feel her loss in every fibre of my being. I am silenced by sadness and the vacuum she has left in my life. In my mind I say my final farewell to her until we meet on the other side. But like so many times in my life I grieve silently, not sharing my emotions with anyone. Everything I am, do and achieve, I dedicate to the woman who first and foremost believed in me and taught me the definition of resilience.

Naresh and I live in two different cities and with our busy schedules, it takes us another few months before we set a date for our civil marriage. Asha has exams the day after the civil ceremony but she encourages me to confirm the date, reassuring me that she will be alright if we can return to London the next day. The ceremony takes place miles away from London, where Naresh lives and works. It is an unfamiliar city, so far away from my adopted home, and I decide to get dressed with the help of my regular hairstylist and arrange for the flowers and cake in London.

The wedding party from London wake in the darkness at three o'clock and the house becomes a bustling hive of excitement and activity. We gather everything we need and set off on the long journey on the morning of the ceremony. Some of our family and friends have come over a couple of days beforehand to help me and to calm my shredded nerves. By the time we reach the city town hall, I'm exhausted, having had less than three hours sleep. Other guests also face long drives, including my college friend Mamata, who comes all the way from Carlisle. Soon, I am legally married and another chapter in my chaotic life begins.

There is no time for extended celebrations because we need to return to London the following day. We wake up groggily and are back on the road to London first thing the next morning. Although we are now a married couple, Naresh and I remain in separate cities, living our separate lives. I quickly find that being a professional, a business owner, a mum and maintaining a long-distance relationship at the same time is an impossible challenge. It is an herculean task to keep all the balls in the air.

By this point in my life, I have ticked all the boxes – I am perceived to be successful, a respected professional and business owner. I am also acknowledged as a loving daughter, mother and wife and able to enjoy a comfortable lifestyle. But what is success? By whose standards is it measured? Sometimes I feel like a hamster on a wheel as I make regular round trips between the two cities that are a hundred odd miles apart. I do this while holding down a demanding job that involves responsibilities of training newly qualified dentists and nurses and running a business. I still try to fulfil my role as a mother as best as I can. Though I am under a heavy burden, I keep up a brave front and go about my life.

My arduous life soon begins to affect my physical and mental wellbeing. In the summer of 2014, I make an appointment to see a doctor. My regular GP is unavailable and a smartly dressed young woman in front of me adjusts the elegant chrome frame of her glasses, as if that might help her decipher the symptoms I describe. I'm in an unfamiliar room, hooked up to a blood pressure monitor, I explain that I'm not sleeping well and feel overwhelmed by the unrelenting pace of my existence. The doctor says a few kind words and then asks me to fill in a couple of forms.

"You need to listen to your body more and do something about your endless tasks and around-the-clock schedule or you will soon feel even worse", she warns.

It's a serious warning. I strive to find release from the pressure I am under and find a better balance in my life by cutting back on my hectic schedule, but it isn't easy. Each ball I am juggling seems too important to drop. My health improves marginally for a few months, but soon the madness of responsibility and expectation begins to overwhelm me once again and I carry on as if that conversation with the doctor never happened. I am under too much stress, and again, I begin to suffer from a succession of illnesses and become a regular visitor to the A&E department. I report with severe asthmatic attacks and am given a supply of steroids.

"You need to change your lifestyle, Menaca, or you're going to have a heart attack one of these days", a colleague tells me.

Roses & Thorns

"But he who dares not grasp the thorn should never crave the rose."
~Anne Bronte~

In August 2015, I get a much-needed respite on our trip to Sri Lanka. Anojan and I decide to celebrate Amma and Appa's 50th wedding anniversary. Amma meets us at the airport, beaming with excitement to see us all together. The five –hour journey from the airport to Trincomalee seems much shorter than it actually is with all of us happy to be together. As we stop in front of our family home, I still admire Appa's craftsmanship from decades ago.

After all these years of living in India and the UK, this is the place which still feels like home. I associate this place with love, laughter and fond memories. Our customary warm welcome begins with hugs and kisses, which is always something to cherish. We relish the scrumptious meal prepared by Chitthi for us and my tiredness after the long-haul flight and the five-hour journey from the airport seems to vanish.

In Sri Lanka it's a festive atmosphere with us being there as a family. I'm blessed with such amazing supportive parents. I am busy shopping and spend hours choosing a gift for Amma and Appa. I couldn't resist making this an opportunity to thank them. Though they do not expect anything but love from us, an occasional thank you or an acknowledgement to appreciate them will make them happy, for sure.

"Nothing in my life would have been possible without your guidance and

discipline. Nothing I can say; can ever truly convey how I feel. Nothing I do can show my gratitude to you both. You are the best parents I could have ever wished for!"

Anojan and I arrange for a cake, invite guests and have a small get together to celebrate our parents' fifty years of togetherness, in a venue artistically decorated with flowers, ribbons and balloons. I present an elegant gold-framed picture of my parents, taken in a studio fifty years earlier, to mark their Golden Wedding Anniversary. They are astonished to be presented with such a beautiful reminder of the start of their marriage. Amma and Appa also love the personalised mugs gifted by Asha and the matching leather wrist watches I present them on the occasion. Amma immediately keeps the mugs embossed with 'Ammamma' and 'Papa', from Asha, inside the display cabinet to make sure they are safe. I look at the mementos given to them over the years by us displayed artfully. I realise how precious these small gifts are to my parents.

Friends and family gather around, and there are familiar chatter and laughter in the room. It's always good to see people who you grew up with, and they are more like family. There is something about childhood friends; you just can't replace. At the end, you always go back to those who were there in the beginning! We are hanging with old friends and neighbours who have formed such a strong bond. As Shyamini and I reminisce, we keep repeating those famous words *"remember when?"*

Though it's a very short holiday and I have to rush back to London, I would do it all over again happily to create some fond memories. I'm so happy to remember the special moments with family. The most beautiful thing in this world is to see our parents smiling, and it's even more precious when you are the reason behind it.

I meet Gauri, Natasha's friend, at a mutual friend's party and we hit it off instantly. Gauri and I meet up and have so much in common, as we both have a spiritual outlook in contrast to our scientific backgrounds and careers in healthcare. Gauri gives me tips to incorporate Yoga and meditation into my routine. After observing my lifestyle and my frequent visits to the hospital and doctors for a couple of months, she also guides me to a path that will eventually lead to my salvation.

"I know an amazing Ayurvedic practitioner." she says and adds *"You should have a chat with her and see if she can help you."*

I know that Ayurveda is a traditional Indian herb-based medical practice, but not much more than that. As I pull into the car park for my first consultation, I wonder how my life has come to this. I step out and look at the tall building in front of me, before overcoming my lingering doubts and I nervously go inside.

"Let me check you over and ask some questions," says Khyati, the Ayurvedic practitioner. I am in such a state that I can't complete a sentence without struggling for air.

"I'm on steroids for my asthma." I manage to splutter.

Khyati hands me a glass of water and looks at me with genuine concern. She asks me questions and my eyes well up as I try to answer her. Khyati places her hand gently on my shoulder and lets me know she will wait patiently for my story to unfold. At the end of the session, she offers me another appointment the following day, but I tell her I won't be able to see her again until the next week. She looks perplexed but agrees to see me after I finish work on Tuesday. I continue seeing Khyati as often as I can and am encouraged by how much better I feel. Some of my family are cynical about this alternative approach but it works for me and I plan to continue it.

Life has become more bearable and on December 1st 2015, my friend Magda arranges a birthday celebration. I put on my favourite little black dress and a dazzling necklace and am soothed by soft music as I do my hair and makeup before our big night out. I see Natasha's name appear on my phone to say she has arrived to pick me up. I grab my bag and rush out of the house, humming cheerfully to myself – before slipping over and landing flat on my back in a bed of roses.

"Natasha!" I scream and she runs towards me, yelling,
"What happened? Where are you?"
"I'm here," I yell.
"Oh my God, what happened?" She extends her hand to help me.
"I can't get up." I say.

I see her panic – no doubt fearing yet another cracked bone – but she soon sees that I'm only trapped in a web of thorns. Between us, we manage to untangle them and Natasha helps me into the house. My dress is in tatters. *"I deserve a crown for falling"*, I tell and we both laugh helplessly thinking of the times we have been silly over the years.

Later, as the party gets into full swing, I continue to smile through the pain, not wanting to let the girls down. I assure Natasha I'm fine, as she drops me off, but I'm unable to sleep all night because of my aching back. Luckily there are no bones broken and I'm back to my routine after a day.

Later in the month, just as my thoughts turn to the annual Christmas get-together for friends and family, I notice something not quite right with my right breast. I go to the doctor.

"I can feel the lump. We'd better get it checked out by a specialist," the GP says.

I feel as if the room is spinning around me for a moment. I have a referral to the hospital and I know the implications of this letter all too well, as I write them myself as a practitioner. I don't tell any of my family about my medical problem, not wanting to worry them. Instead, I keep myself busy with work and making plans for the Christmas party, trying to push any thoughts of cancer to the back of my mind. Only a few close friends know what's going on and they think I am insane to press on with preparations for the party, but I try to make light of my anxiety.

"I'm going to celebrate this Christmas in style in case it's my last one!" I say laughingly.

Natasha is always there when I need her and accompanies me

to the appointment with the specialist. As I lie nervously on the couch awaiting the verdict, she distracts me by chatting about the tricks we used to get up to, back in college. Thankfully, the news is good.

"There's a small lump, but it's benign – with some women it can be this way. There is nothing to worry about." the consultant explains. This is such a relief.

Natasha and I celebrate with a delicious dosa at her favourite spot, Saravana Bhavan. The atmosphere is much lighter now, with none of the forced humour of earlier in the day, and at last we can start to look forward to the coming festivities with enthusiasm.

A couple of months later, at the start of 2016, I am replacing an instrument during root canal treatment when I feel a sharp scratch on the back of my hand. I pull off my rubber gloves and can see that the scaler has pierced the skin on the back of my right hand. I rush to the sink and follow the instructions that have been drummed into me – "Bleed it, wash it and report it". But there's an anxious look on the face of my practice manager, who is assisting me.

"Oh, it's nothing," I insist. *"I'll be all right."*

I turn my attention back to my patient and start giving the usual post-operative instructions. But the practice manager interrupts.

"Please give us a minute, Mrs Mason," he says and adds *"The nurse will go through the instructions with you and we'll be back in a minute."*

He leads me out of the room.
"What was that all about?" I ask, confused.
"Don't you remember her medical history?" he asks.

My heart sinks as I remember that the patient is HIV positive. I ask a colleague to take over and after giving her hurried instructions I rush to the A&E department to get myself checked. Natasha joins me there looking shocked as I wait for the blood sample to be drawn and stays with me overnight to support me. I now face an anxious four-week wait until I am eventually told I haven't contracted the virus. It's another burden I could have well done without.

I take a break and go home, to Sri Lanka for a week. After I return, I dash to take care of Naresh because he has had a fracture. My visits are becoming more and more frequent and at times I make two round trips within forty-eight hours. I survive by stretching myself even further, rescheduling meetings and cancelling appointments when necessary. There is a brief moment of respite as I fly to Italy for the wedding of Sowmini, in the beautiful surroundings of Siena. She has become a close friend in the short span of time I have known her. I explore the fascinating galleries and museums of Florence.

Florence is a small city with so much history, culture and beauty - I feel the experience is magical. Seeing 'David' by the master sculpture Michael Angelo is an experience I cannot begin to express. The shopping in Florence is really unique – it is almost an out of the world experience. The exquisite jewellery, the elegantly designed clothes and the delicious cuisines are all additional bonuses. Florence becomes my favourite city.

In the summer, contrary to the clear blue skies and bright sunshine, my life is overshadowed with an incident at work and health issues. My marital life is not as smooth as I anticipated either. I finally realise my personal life has started having an impact on my decisions at work. Every aspect of my life seems to be totally spiralling out of control. One evening after work, about to go home, I sit outside in the car park, utterly perplexed and wondering how I managed to drop every one of the balls I have been successfully juggling for so long. My keys are in the ignition but I can't move. I am unable to make sense of anything; my mind is numb. My life is caving in on me, and something has to give. Only now, in the depths of despair and unable to work or even function properly, do I seek help.

I turn up at the doctor's surgery once again, numb and exhausted from not sleeping for three days and nights. My family doctor looks at me with kind eyes and listens carefully to what I say.

"I feel I'm being pulled in so many directions. I wake up early in the morning, drop my daughter off, go to work, come home and don't go to bed until I've replied to every last email. By then it's late and I feel so tired, but I can't get to sleep as my mind is still mulling over the problems that remain. I don't feel like having a conversation or socialising with anybody. Everything seems like too much effort."

"Is anyone at home with you?" he asks compassionately after listening to my story.

"Of course, my daughter is there," I snap back, thinking it is a trivial question.
"I'm going to give something to help you sleep and I've made an appointment to see you again next week," he says.

I am diagnosed with a stress-related condition and signed off from work for a month.

I call Natasha when I get home and she comes in person to support me in this crisis. As she sits down with a glass of bubbly she looks confused but compliments my favourite lavender fragrance and soft music playing in the background. She doesn't understand what's happening to me – none of it makes any sense to her but she waits patiently for me to speak.

I confide my troubles to her and she exclaims,

"We thought you were so happy, Menaca. You always seemed so strong!"

I confess the emptiness I feel inside, the constant sense of not being good enough or able to do things as well as I want to.

"I feel like I'm always letting everyone down and I'm so tired and unhappy that I feel like giving up," I tell her.

Day by day, my reflection becomes unrecognisable to me. Soon I am too scared to look in the mirror, afraid to see the woman I have become looking back into my eyes. I feel I'm not good enough, not worthy enough, not smart enough and not beautiful enough. Even when someone tells me I am beautiful, I don't believe them. I'm being swept away by a storm of emotions. I have no strength to resist the vortex I am being pulled into. I have become a stranger in my own body. I continue to spiral into an ever bleaker and darker place. I've always loved company but I begin to isolate myself from those I love.

Anojan is worried about me and tries to visit often and drives me around and even helps me manage the practice. Despite his efforts, the business is a rudderless ship and all but grinds to a halt. My plight can't be hidden from my parents any longer and Anojan breaks the news to them over the phone. I break down listening to the concerned tones on the other end of the line.

"What's happened?" Appa asks his voice weak with helplessness and grief. *"I thought you were strong like me."*

At these words, the floodgates open and I weep uncontrollably. I realise that I am not the person I always wanted to be – tough, resourceful and resilient, like Appa. Unable to work and with a growing daughter to look after, my outlook seems hopeless. But, as ever, Appa gives me the perspective I need.

"Why are you worrying?" he says gently and without a trace of judgement. *"Whatever happens, you can always come back here. This is your home and you know we will look after you."*

It strikes me that no one else has ever told me they will take care of me since I arrived on these shores. That simple reassurance is a shock to the system, as if someone has thrown ice-cold water on me. I realise that I have been so busy pleasing others, I haven't taken time to pause and nurture my own soul. I was so busy making time for others that I didn't find time to listen to my own body. We talk for more than an hour. I feel the gallons of tears I shed are somehow washing away the burdens that weighed so heavily on me. And finally, after years of mental and spiritual deterioration, regaining my inner peace becomes my priority.

The moment of my deepest pain turns out to be the wake-up

call I desperately needed. I force myself to pause for a moment and close my eyes, to think solely of my future, letting go of the past that has held me prisoner for far too long. From here on, I will direct my energies to shape and build the future I deserve. It's slow going and there are many pitfalls along the way, but one day, I see a glimmer of hope that promises a new dawn and a new beginning. With each stride after that, I feel more in charge and in command of my mind, body and soul. I finally realise that I am the architect of my own destiny.

Completing The Circle

"A woman is the full circle. Within her is the power to create, nurture and transform."
~Diane Mariechild~

My search for holistic solutions to my problems was inspired by my experiences of Ayurvedic medicine. It was also influenced by Appa, who has been practising meditation, yoga and spirituality for a long time. My desire to reinvent myself and transform my life made me want to acquire the tools to do so. I have always wanted to rekindle my childhood passion of public speaking again. But my lack of confidence was preventing me from it. Fortuitously, I stumble upon an advertisement for "Power to Achieve", a personal development event that changed my life. It is to be conducted by Andy Harrington, an influencer and a mentor of presenting yourself for success.

The event had drawn hundreds of like-minded people from all walks of life, who were all striving for success, regardless of the obstacles they faced. The room is filled with high energy, enthusiasm and emotions. This being the first such experience, I find the entire ambience fascinating and fruitful. People seem to open up to one another and connect easily without having any prejudice or judgement.

As we break for lunch, a group of us gather around. Here I meet Vivian and strike up a conversation. I confess my fears to Vivian *"I didn't even do my schooling in English. I don't think I can ever become a renowned public speaker as I have a strong accent and am very self-*

conscious about what I lack." She replied, *"You are gifted"*, I'm confused by her statement. Looking at my puzzled expression, she carries on *"If I hear your Audio Book or Podcast I'll immediately recognise you. Your signature voice is such a gift."* This message resonates with me and I start to believe that I can be a successful public speaker.

After lunch, I sit next to a friendly Irishman, Micheal, who explains that he's a Neuro-Linguistic Programming (NLP) trainer. I had to confess that I had no idea what NLP is. I suppose I have lived a blinkered life within my own bubble. He outlines the basic principles of NLP, which inflames my curiosity to know more about NLP. On the final day of the event we are all given an exercise to demonstrate we could overcome our limitations by utilising the power of the mind. As we pair up to break a wooden block with our bare hands and bend a steel wire, I'm astonished at the power within us all. These chance meetings change the course of my life.

I begin to do some research on NLP, the more I learned the more I wanted to practice NLP. Though I have been travelling alone, it's always to meet my family. For the first time, I begin to travel for my own self-development. I decide to take my NLP training in Northern Ireland. There I meet like-minded people, who understand the devastation of war, and can relate to my experiences of how conflict has left lasting scars on my nation and its people. I am deeply impressed by how effective these alternative therapies can be. I hear people sharing their life stories and learn how they have been able to overcome their darkest and most deep-seated fears that had previously prevented them from reaching their full potential.

I resolve to equip myself with the tools that will enable me to help other people and I qualify as an NLP and hypnotherapy practitioner. I want to pass on the lessons I have learned by becoming a mentor and a coach. I want to give others the support and guidance I wished I had when I began my journey out of unimaginable strife and adversity. NLP helps me make sense of my own experiences and address the areas of my life that need to change.

Having found my purpose, the next step is to find my voice. I have won many public speaking competitions in my youth and have appeared on TV over the years, promoting oral health and awareness and have also spoken at medical and dental conferences. Despite these experiences, I'm plagued by doubts that my English vocabulary and pronunciation are not good enough, so I constantly improve my knowledge by reading as widely as I can. I then rediscover my childhood passion by joining Andy Harrington's Public Speakers Academy programme. I discover a community, where I can be myself, in which people accept me for who I am. Here, I can reveal my vulnerabilities and expose my insecurities without the fear of being judged. I learn to celebrate my small successes and feel empowered by the opportunity to guiding others.

Writing has played a vital role in my recovery. I remember how, as a young woman feeling lost and lonely in Bangalore, I wrote three books full of poems in Tamil. Even though I never shared them with anyone, they helped me evolve and grow as a person. Writing becomes my therapy, an activity I turn to in times of hardship, a way of overcoming challenges, making sense of circumstances and making peace with myself. I grow to love recording my reflections about interesting people, thought-provoking conversations, motivational stories and the sheer beauty of nature.

Life is a book of intertwined stories. Each chapter is noteworthy; as it drives us on to reflect on our personal experiences. Those fond cherished memories and painful experiences are chapters of the same book - my life. When people ask me to forget, it's not easy to explain how irrevocably and tightly bound together these experiences are. The good memories keep me moving forward, and the bad ones make me want to curl under the quilt and never come out again. I keep revisiting these chapters of my life to reflect and gain insight. At times it's too much of an effort to examine painful memories that can easily crush the soul. I try to persevere, but it is easier to just leave them to gather dust.

I have been through many ups and downs, enjoying the triumphs and learning from the failures. I consider myself fortunate to have been surrounded by so many wonderful, generous people who have helped me to grow and evolve into my present form. Along the way I like to think I've been a shining light for people who have crossed my path, as I helped, guided and encouraged them. I've been able to share their joys, wipe their tears, and give them a shoulder to lean on and to lend a listening ear. I've created everlasting bonds with many beautiful souls.

I've also received important life lessons from others from whom I have parted. My memories represent the struggles and obstacles I overcame, that inspired me to become a better human being. They are my motivation for wanting to play a part in improving the lives of others. As human beings, we possess the power to decide the kind of world we want to create. Our only option is to be the change we seek. We can work together to create a better world. Every small step we take in the right direction brings us closer to our vision of peace.

I believe that every experience of adversity is also a gift, although we don't always see it that way in the agony of the moment itself. Some losses leave a permanent mark on your life. But we can only survive and flourish by constantly cherishing the ups and learning from the downs. In this way, life becomes a **resilience loop**.

Circumstances and events will throw us off balance and push us into the role of victim. By identifying, accepting, enduring and forgiving, we emerge stronger and more resilient. It's through searching with never-ending inquisitiveness, accepting my feelings, understanding the perspective of events within the context of the entirety of life, and through learning, evolving, sharing and guiding, that I have found solace.

Every decade has brought a new dimension to my life. Each decade has been shaped by events – migrating from one country to another, connecting with people from different backgrounds, becoming a mother to a beautiful daughter and developing my professional career. I am grateful to everyone who has been part of my support system throughout my life, especially my family, who have always encouraged me to spread my wings and broaden my horizons.

All these experiences have brought me to a point where I am being called to work with people who lack the skills and opportunities to overcome their fears and limitations. I will achieve this by coaching, mentoring, motivating, and enabling others to thrive and reach their full potential.

In this next stage of my life, as I change course from a healthcare professional and emerge as an author, motivational speaker and coach, I hope to contribute to this world by inspiring and empowering others to succeed and excel. Empowering women, in particular, is the focus of my mission. This desire is underpinned by the alarming gender inequalities that are still evident in Sri Lanka. Even though Sirimavo Bandaranaike became the world's first non-hereditary female head of government, when she was elected prime minister in 1960, the gender gap in my country remains stubbornly high.

Very few women participated in politics, even though they make up more than half the population. They are likely to be employed as pluckers and tappers in the thousands of tea, rubber and coconut plantations, with hardly any reaching managerial roles. Hundreds of thousands of women also carry out low-paid jobs in the clothing industry and are employed as domestic workers. And yet my entire upbringing was seasoned by the presence of women of grace, poise and intellect, who had a fundamental influence on me and my outlook on life – none more so, than Mummy, my wise, clever and fair-minded maternal grandmother.

Freed from the chains that have held me back for so long, at last I write down words that express the grief that has risen within me since her passing. I am grateful for having had the opportunity to be so close to her and having learned from her the art of giving and finding happiness in the achievements of others. She shared her wisdom freely, working relentlessly to help people realise their dreams and was truly passionate about collaboration and community spirit. She was and remains a constant source of inspiration and is the prime example resilience and courage.

After a particularly difficult day at work, I sit down at the kitchen table and start writing again. I don't stop to think or make any plans. I start writing my own story, exorcising the ghosts of war, reflecting on where I have come from and trying to answer the question of who I am. I can feel the torrid vortex of each moment tormenting me even after all these years. When I look at the clock for the first time since sitting down, it is three-thirty a.m. and I have written three thousand words. I know I will share my story to empower others by showing them how my reaction to adversity has made me stronger. Finally, I have reached the stage where I dare to share my experiences with others. And thus, was born my book, Resilience Learned.

The intention of publishing this memoir is to celebrate where I have come from and the journey I have undertaken so far. It is also a tribute to the many thousands who lost their lives or lost people dear to them during all the phases of the Sri Lankan civil war. More importantly, I want future generations to understand the adversities their parents, grandparents and entire communities were forced to endure – and how many of us who survived were able to thrive despite our tortuous start in life. Most of all, I would like the children of today to learn the importance of peace. My goal is to create awareness of the tragic effects of war on the world as a whole and how no winners can ever emerge from violence.

What triggers a war? Is it differences of language, religion or race? It may look that way on the surface but there's always more at play. The malevolent influence of power and money is never far from where there is conflict. War brings only destruction and pain, while the path of peace offers so much hope and positivity. I can't help but wonder how different the world would be if we utilise its bountiful resources to provide the health, education, science and technology people need. **Anything but war!**

As J F Kennedy rightly said, *"Mankind must put an end to war before war puts an end to mankind."*

The powerful, heart-wrenching stories I have witnessed have instilled in me a burning desire to be a messenger of peace. I want to play my part, in some small way, in inspiring others whose lives are blighted by the conflict within and around them. Reflecting upon some of my personal experiences and speaking to many others, I understand the devastating price communities pay when peace is disrupted and how war sculpts a nation's psyche for generations to come. Many Sri Lankan families have members who have been hurt by the war. The physical injuries become legendary and are spoken about often. In contrast; we hardly ever talk about the psychological effects of war. Too many of us still see mental health issues as a stigma and are reluctant to speak about the subject openly. Some of my closest friends have suffered from mental illness but conceal it from those around them. It would be beneficial to discuss mental health issues openly in the same way we would address any other physical illness. We must encourage the silent sufferers to seek medical help before it becomes too late.

When one listens to other people's life stories, it becomes apparent that each of us has walked a very unique path and we cannot judge anyone without knowing their individual experiences. There is neither absolute truth nor a set of morals that justifies the unfounded criticism of others, as no one knows everything about another person. That's why it is wrong to blame an entire ethnic or religious group for any conflict, as only a few disrupt the peace. We need more people to embrace the humanity within themselves and others.

As Mahatma Gandhi famously said, *"Be the change that you wish to see in the world."*

Having come full circle, I look back and see people, relationships, experiences and traumas in a very different light and with greater clarity. It helps me take responsibility for my choices. It is said that hindsight is a gift; it has the power to make you reflect and allows you to forgive yourself and others. Hindsight also gives you an opportunity to appreciate what you have and show gratitude to people who have been part of your life.

This journey has given me clarity about where I come from and where I am heading. It has shown me the path I must take. I have also been able to find my tribe; the people I love and cherish, who make my heart sing and my soul thrive. My life is full of miracles and friendships. This is a life I am grateful to have experienced and lived.

I was born in Sri Lanka where my happy childhood was spent surrounded by the love of Mummy, Amma, Appa and all my beloved family and friends. In my late childhood I was forced out of my safe cocoon and realised that the world had pain and sorrow. I was forced to leave my homeland to be safe and to pursue my higher studies. I made India my home away from home. I became an accredited dentist in India. My life's journey continued - my marriage took me to the UK, where I had to set up my home and life anew. In truth, I had to reinvent myself at every milestone of my life.

As I relax into my seat on my flight back to London from Sri Lanka the man who is seated next to me casually asks "Where is home?", I reflect upon the answer. For me Sri Lanka is my first home. I learned my first words and took my first steps there. Ironically amidst war and loss, that's where I learned the true meaning of love and sharing.

Sri Lanka is an island full of awe-inspiring landscapes, azure blue water lined with golden sandy beaches. The sun peeking behind the rolling mountains, one more picturesque than the other, its luminous light fills the emerald tea gardens. This paradise in the Indian Ocean has something for everyone, the nature nomads, the historic and cultural lovers, and the adrenaline-pumped sporting fans. It's an island, which will steal your heart with its scenic beauty and the most generous inhabitants. You would want to stay there forever.

Despite the rich history of my beautiful country and its generous, compassionate citizens the civil war has tarnished Sri Lanka's image forever. In this book, I have navigated through the darkness that shrouded my nation during the years of the civil war. There are innumerable versions of how Sri Lankans remember the ethnic war. Each Sri Lankan has his or her own memories of the cataclysmic, ethnic war that tore the country apart.

We all see the world through our own, differently-tinted lenses.

What impacts our view of people, our surroundings and the world? It could be related to the processes through which one buries and then unearths his or her own experiences. What makes someone the person they are - what makes them unique? We could be influenced by our biological and psychological makeup. We could be also influenced by various social factors.

What makes some people more resilient than others? One's core beliefs, governed by our upbringing, culture, perspective and the interpretation of our life experiences or the compounded effect of all of these factors could be the differentiator. Despite many years of research and attempting to understand why each one perceives the world differently remains a hugely complex and controversial subject and the search to find the answer continues.

Most people experience the effects of trauma during and immediately after an event. It's not uncommon, though, to relive the emotions many months or even years after an incident. For some, the after-effects of adversity can be life changing and permanently debilitating. The bloody civil war has claimed many precious lives and forced many of my countrymen and women to migrate or seek asylum in other countries in the hope of a safer future.

The mass exodus has changed the fundamental composition of the population. It is not uncommon to find only elders living alone after the young ones have fled Sri Lanka. For instance, Amma and Appa live in Sri Lanka, whereas Anojan, my brother and I live in London. This has also has brought a different dimension to the family composition for the next generation. Though I had been fortunate to be showered with love and affection of my extended family, in my childhood, especially from Mummy, my daughter Asha has not been afforded that opportunity.

Lost in Translation

India was home to me for a decade when I was a lost young adult. She gave me shelter and helped me transform into a confident professional, who could face the world. Here, from friends and their families who accepted, nurtured and loved me for who I was I learned the power of unity in diversity. India was where I started on my journey of self-discovery.

The reasons to move from city to city, one country to another and continent to continent can vary considerably. As a student, who had to leave my country for higher education and establish a career, I struggled with self-confidence and various other challenges, which affected the way I saw myself.

Moving to the UK, I began to focus on perfecting my fluency as well as my accent. I constantly worried that my knowledge of English would fail me in communicating with my peers. Being a migrant, and having studied English until university, I knew I lagged behind native speakers of English and wanted to address the issue. Despite succeeding in my profession and my business, I was much too self-conscious to address an audience. Any form of public speaking was off-limits, though surprisingly, I had enjoyed it very much as a child. I continually looked for external validation. When I shifted my focus on what I can do to help others it liberated me from my own limitations.

Overcoming language barriers, cultural differences and integrating into a new society can be very challenging. Sometimes you lose yourself while trying to fit into a relationship, a family, a community or a society. When this happens there is constant conflict within you and what you portray and can cause damage to your wellbeing, in the long run.

I have explored the challenges that can prevent migrant men and women from reaching their full potential. Looking for external validation was a stumbling block in my progress. I therefore earnestly urge those who are looking for it to stop and instead look within your own selves for acceptance. What you know, what you say and what you do are more important than your language, vocabulary or accent.

Remember, you are unique! You have your strengths and weaknesses, so stop comparing yourself to others. The road to success can often be steep and challenging, and sometimes specific changes are needed to achieve your goals. So, work hard at achieving them instead of focusing on your supposed "weakness".

It would be great to have a world where we accept and embrace differences and thrive by practicing greater understanding, effective communication and demonstrating compassion.

England has been my home for the last two decades. I have had my trials and tribulations, found and lost love and endured happiness and heartache in equal measure. This is where I became an independent business woman, an entrepreneur, a speaker, an author and a trainer. This is a country which has shown me endless possibilities and taught me the gift of giving.

Psychologists and researchers suggest that fulfilling relationships can significantly benefit mental health and emotional wellbeing. On the contrary, difficulties in relationships can have adverse effects on body, mind and spirit.

Every relationship has its ups and downs. Perhaps, the extent to which both partners can commit to the relationship, mutual understanding and consideration for each other will ultimately decide the success of the relationship. There could also be many other external factors, such as family, friends, distance, incompatibility and different cultural backgrounds and opposing personalities that affect the outcome of a marriage.

When relationships ultimately breakdown and end up in separation or divorce, there will be prolonged periods of hurt, anger and sadness. As these feelings become more frequent and stronger, they can affect your overall health and wellbeing. Even though the reasons for separation differ vastly from one couple to another, the ill-effects of an unfulfilling relationship are more or less the same. From personal experience, I know it can be frightening, overwhelming and intimidating to contemplate a future without the person you promised to share your life with, someone you loved or even continue to love and who has been an integral part of your life.

The words 'separation' and 'divorce' can create complex emotions, cause apprehension and make you want to withdraw from society. This is true especially in some cultures more than others. The alternative is to stay in a broken relationship. While this might feel more comfortable in the short term, in the long run, it could be way worse for you and your partner to continue in a flawed and unhappy relationship.

Although no one wants to separate or divorce, at times relationships are beyond repair. Sometimes they are just not meant to be. The earlier we accept the reality, the better it is for everyone involved. People around the couple, family and friends perhaps can offer support by being understanding and unbiased, or just lend a patient, non-judgemental ear to their emotional outpourings. It takes two to tango and even though every effort should be made to maintain, repair and sustain a relationship, if it has gone past saving, it is best to accept reality.

Owning who I am

Finding myself and accepting who I am and what I stand for has been transformational. The "mask" I was wearing prevented me from receiving assistance and advice or to access the resources within and around me. I was trying to combat my inner battles and external difficulties alone. Our situation, be it our career, relationships, health, responsibilities or anything else that is challenging in life, can stop us from realising our potential, finding fulfilment or achieving our dreams!

I can attest to this from personal experience. This was my life a few years ago. I was perceived to be successful, happy and living an enviable lifestyle. In reality, I was struggling to cope with my situation, dealing with relationship problems and health issues. I was gaining weight, feeling lethargic and living on caffeine to get through the day. I felt no one understood my struggles. This made me feel lonely and lost and a stranger in my own life.

No one who knew me then would believe that of me. I was seen with the biggest smile; I was the life of the party and was always trying to do something exciting. My mask kept me 'safe' from my reality. It also, unfortunately, kept me from dealing with the situation and asking for help. I was trying to fill the void with things, places and even food.

Only in the deepest despair and in the darkest moment, when I felt lost, lonely and at my lowest point did I seek help. Only through accepting the reality, asking for help and advice and acquiring the skills I needed did I manage to emerge from the dark pit of self-doubt, overcome my struggles and evolve into the confident person I am today!

I now help others identify, manage and overcome burnout and stress-related illness, as a speaker and coach. I share my personal experiences, explain how I dealt with it myself, and share the tools and strategies I used to help them with their struggles.

I believe in the percept that Buddha thought would enlighten the world:

"Thousands of candles can be lit from a single candle, and the life of the candle will not be shortened. Happiness never decreases by being shared."

Resilience

"Resilience is defined as the ability of a substance or object to spring back into its original shape". This is how it is defined in the dictionary. However, in reality, resilience is the one quality everybody needs to face **LIFE** and its challenges. Resilience can be the difference between losing and winning.

Resilience has been the differentiator in my life. I gained it from my varied life experiences: a childhood when I was deeply cherished and loved, the traumatic experiences during the war and relationships characterised by love and distress. Resilience helped me survive the war within and without. It also helped me face my heartaches and health challenges. Resilience also aided me to step out of my comfort zone, to face challenges head-on and to transform my life.

It was believed that, like leadership, one was either born with resilience or not. But that is not so. Resilience is a skill each of us can learn. When you share and teach others how to be resilient you are giving them an invaluable skill that will enable them to succeed in life. Building internal resilience helps one emerge as a confident, self-assured individual.

I began to alter my self-limiting view of the world and to believe that nothing is impossible if I worked for it. My ultimate goal is to help others eradicate their self-limiting mindset, and develop the confidence to reach their full potential. I believe that being open to new opportunities and not giving up is the key to evolving and succeeding. Having a clear mind by ridding it of clutter and confusion and creating clarity makes your goals easier to achieve.

Since resilience is the essential differentiator in life, you need to own your reality, be prepared to change and look for the path that will help you achieve your true potential. With resilience everything is possible.

"When we tackle obstacles, we find hidden reserves of courage and resilience we did not know we had. And it is only when we are faced with failure do we realise that these resources they were always there within us. We only need to find them and move on with our lives." ~ A.P.J. Abdul Kalam

Resilience Through Adult Eyes

"My mission in life is not merely to survive, but to thrive; and to do so with some passion, some compassion, some humour, and some style."
~Maya Angelou~

I hope to be known and remembered for what I am rather than what I do. Every joy, success, achievement, mistake, trial, disappointment and, failure, has made me the woman I am today.

I will make no apologies for who I am.

It was enlightening to know and understand "I am enough". Accepting myself fully, allowed me to release my self-limiting beliefs and self-doubts and negative self-talk. It allowed me to stop self-sabotaging myself. Self-discovery helped me to realign myself, redirect my efforts and helped me to choose a path. Self-acceptance encouraged me to do what I love which helped me nurture my dreams. I learned to use the resources I already had, rather than waiting for more to come my way. When I started living with clarity, purpose and passion; surrounded by people who cared, supported and encouraged me, I experienced real growth and progress in different aspects of my life.

There is something each of you can do better than most others. When each exclusive expression of extraordinary energy and endowment unique to you is matched with personal empowerment, success and abundance will soon follow.

Let's modify our thoughts and influence, inspire and impact each other positively. When there is understanding and willingness to spread peace and harmony, it will eventually lead to cohesive and empowered communities!

Finding My Path, Discovering Myself!

I cringed, wailed and wallowed, in my time of blooming,
For I feared each stumble was the end of my overcoming.

I realise the many life cycles were to make me much stronger,
Those setbacks and adversities helped me to delve deeper.

I realise the victim, survivor and "a failure" were the badges from a teacher,
Those labels made my success taste all the sweeter.

I realise my inner battles and heartaches were the catalysts to shape me,
Those conflicts compelled me to listen to the soul within me.

I realise all the triumphs and tribulations were to find my truth,
Those peaks and valleys helped me sprout new shoots.

I realise falling and rising were all part of my journey,
Those roller coaster rides were the key to my story.

I realise the insults and injuries were all scouring,
Those thorns I felt became the tools for my healing.

I realise the universe was moulding me all along,
Propelling and aiding me to spread my wings for long.

My life would have stagnated, transforming no further,
If not for me rallying to make my circle fuller.

My journey has been a path I earlier could not see,
The inspiration and motivation I myself could be.

Counting My Blessings

I am grateful for many things in my life, including:

- The people and experiences that taught me to care less about what other people say and how others perceive me
- Being surrounded by people who accept and love me for who I am rather than who I have to be
- The special people in my life who support, motivate and inspire me
- Those who helped me to be in a place to make my choices, enabled me to discover my choices and believed and supported the choices I made
- Being in a place where I can choose to be happy, to be with others who make me happy and being able to spread happiness to others
- Those who taught me to focus on what I can contribute instead of what I lack
- My life and all my experiences of hills and valleys

And finally, I am grateful to those who have provided me with their valuable time and encouraging thoughts and opinions on *Resilience Learned*:

An Ode To Menaca.....

Each Storm
more ferocious
than the other
a struggle
to stay afloat
yet, so gallant
a warrior
through every wreckage
she rises,
I see it
in her resilience
the new paths
she forges
tragedies of yester
triumphs of today,
awe inspiring
every aspect
of her existence
she's mastered
the art of living
her story
is waiting to be heard.

~Bharati~

Gratitude of Thanks

I'm humbled by Bharati's Ode for my book. It is wonderful to have friends, who celebrate you in such a way.

Testimonials

Anju Sharma
Ludhiana, Punjab, India
Dentist, Business owner
(Former Dental College mate of the Author)

As a friend, I felt so engaged in the story. I learned that if you work hard you can achieve success. This book has immensely impacted me. Life is full of challenges and *Resilience Learned* has given me hope that we can overcome challenges.

I really hope you continue to write and share your valuable knowledge with others, through your writing in the future. This is only the first of many to follow. I'll be recommending this book to everyone I know, as it will show them how to overcome problems and to get support.

***

Barry Rasberry
United Kingdom

I felt engaged with the journey; it was easily followed and well documented. I have read much about WWII and the effect it had on the populations of the occupied countries and therefore your experience of war as a child had clear parallels as to what happened here in Europe.

I had little knowledge of the war in Sri-Lanka and the effect on day to day life. Also I was totally surprised how a well-educated, modern lady could so easily accept an arranged marriage and relocate to the UK.

The book made me realise that it's never too late to try something completely different.

I would be happy to recommend this book to my friends and family, especially to those of my friends who are already taking steps along the path that is taking them out of their comfort zone.

***

Dr Bharati Panandikar
Thane, Maharashtra, India
A family physician with a passion for writing

Resilience Learned is indeed a journey from healing wounds to finding wings to fly again. The flawless narration had me spellbound from the word go and soon Mummy, Amma, Appa, Anojan, Asha and Menaca the main protagonist were not just characters out of the book but people I knew. I lived every moment of their journey going through a whole range of emotions from disbelief to shock, anger, anguish, empathy and pride in a woman who never gave up.

How could one not salute this awe- inspiring woman from everyday life, a woman who stood tall where many a lesser mortal would have buckled down? Menaca's strength of character, her resilience, her love for her family and friends, her dedication to her work and her indomitable spirit are truly admirable. I'm amazed by how she took everything in her stride, preferring not to be a victim, but a victor. I feel humbled by her story.

I could relate to her upbringing, her strong bonds with her family, her maternal pride in Asha and her deep- rooted love for her country, Sri Lanka. What was particularly noteworthy was her selflessness in trying to save the teacher who was critically injured when explosions were taking place and her own life was at risk.

There's so much to take back from her journey, how to get up after every fall, how to create relationships especially those least expected, how to connect with God regardless of the place of worship and most importantly to find a direction where there is none. Indeed, we have to heal our own wounds and propel ourselves to fly.

The song *'Adiye netru piranthaval neeye, Neram therinthu vanthaaye'* is so Menaca, she knows the right time to arrive.

As she embarks on her new journey, more power to her to heal many a wounded soul.

A must read and a must commend book, a story that waits to be heard.

***

Brenda Dempsey
Surrey, England
Coach Author and Speaker

'*Resilience Learned*' was very engaging and so eloquently written that it flowed with a magnetic energy that spoke to my soul. The journey is very unique; from your birth to the present day you have highlighted your golden thread that weaves a majestic tapestry of awe, wonder and respect.

The story resonates with me on a human level as it describes the tragedies, traumas and happy times of life. The challenges, courage and resilience one needs to overcome the obstacles that life puts in our way is constantly illustrated in your storytelling.

You are a great role model and I certainly can use some of your experiences to show others how when faced with adversity, challenge and new beginnings, you can shift your mindset to accept things despite how we feel. One of the most important aspects of being human is being relentless in our resilience.

You are a true inspiration and this is a story that should be shared with younger people. I think this is a great read. I believe in the power of stories and that each person's story HITs – Heals, Inspires and Transforms both the writer and the reader. By writing your story you are giving others permission to do the same.

I am happy to recommend this book to my friends and family. It is filled with truth, uplifting and truly inspirational and that each of us has that hero inside of us.

***

Devapriya Khanna
Founder of Personal Brand Consultancy

Menaca, I have just finished reading the manuscript of your book and I am in stunned into silence. In stunned silence and in complete awe of what you have gone through and where you have reached today...against such odds! You truly are resilient. Resilience learned and resilience earned. I have nothing but unadulterated respect for you, dear Menaca.

May you stay blessed and continue inspiring.

***

Janet Quigley
Northern Ireland, UK
NLP Practioner

I met Menaca in January 2019, at an NLP training event. I have never met such an inspirational, open, loving woman. I have just finished reading the story of her unbelievable journey. Her story is honest and real.

From the early days at home with her family to the schooling and making friends and establishing the wonderful relationship with "Mummy", her life was always in flux. The awful trek across the jungle, the young teachers' story was incredibly moving to read, with Menaca's reunification with her family being truly emotional.

The book illustrates how war develops through mistrust, fear, ignorance and hatred. The book outlines Menaca's journey through an awful situation not only in the sense of how it shaped her everyday life but how it shapes all our future, our thinking, our emotions and our relationship with ourselves and everyone else around us.

I loved the book. It was clear, it flowed, it was emotional and colourful, and I could almost smell the spices in India. It also was a very scary reflection of life here, in Northern Ireland and dealt with a lot of the underlying issues of how two opposing communities, fighting for the right to be recognised ultimately loses that right, people get hurt, get killed and unable to come out of it alive, fighting and with *Resilience Learned* is powerful and inspiring.

This book shows to me the way spirituality transcends religion and you should be very, very proud Menaca!

It reflected a lot of my life here in Northern Ireland, growing up in the trouble, coming from a mixed marriage [mum was an affluent protestant from Coleraine and Dad was a poor Catholic from the Bogside]

Through great adversity humility is borne...some smart guy wrote that. Thank you for sending this to me Menaca, it was a privilege.

***

Khayshie Tilak Ramesh
Youth advocate and budding lawyer
Victoria, Australia

This story is particularly compelling as internal monologue is very relatable and speaks to the true experience of feeling lost amongst good fortune.

As someone who was born in Australia with Sri Lankan heritage, it was interesting and valuable to hear first hand recounts of the civil war and gave me a taste of what my parents went through and why they chose to immigrate. I like that it is a continued journey and doesn't end abruptly but rather acknowledges that life is about continual learning.

On a more personal note, the feeling of being unfulfilled and unhappy whilst maintaining this facade of being on top of everything and being portrayed as a 'success story' to the outside world was very relatable. I think that being from a migrant family creates a dangerous need to strive to be the best and do everything in your power to make your parents' sacrifice worth it. This is damaging to personal wellbeing because you don't know when to stop. Eventually you become so overloaded with responsibility that you can't cope, leading to burn out. This is definitely something that I have experienced.

I learned a great deal about how to take the time to look intrinsically and recognise your own circumstances, and then use them to propel yourself forward. I learned the importance of taking time to be honest with yourself at times when you are not coping and seeking help in regulating your own emotions. I also learned the value of investing in yourself and that you can come back from anything if you re-prioritise and change your perspective of your circumstances.

My one key takeaway message is that you never know the journey of the people around you - where they came from, what they went through and who they used to be in another life. The fearless female entrepreneur grew from the fearful young girl praying for a miracle amidst war.

This book has had a profound impact on me. Whilst it is told as a narrative, it is a self-help book, cleverly in disguise as a personal recount. In reading about Menaca's trials and tribulations, you realise that she takes the same approach every time when handling adversity.

Stop and assess your situation:

- What are you trying to achieve?
- What is helping propel you towards this goal?
- What is standing in your way?

➢ Eliminate the negative.

What inspires me most about this book is that Menaca illustrates the analogy between physical and internal war; both of which can tear families apart. It's empowering to read that someone as successful as Menaca came from such dire circumstances but found a way to turn her life into one that she wanted to live, instead of what fate had merely dealt to her.

I would be more than happy to recommend *Resilience Learned* to anyone. I think it would be particularly useful for multicultural female leaders to read about turning adversity into empowerment.

***

Martin Sharp
United Kingdom
Award Winning Speaker, Author and Mentor

There are so many experiences you have had that I have no personal reference to. Thank you for sharing as it has opened my mind to other experiences. I learned that *you* have a lot of resilience and learned a lot more about life in Sri Lanka.

My take away message is that 'you will have more inside you than you believe you have'.

I would be happy to recommend this book to my friends and family as it is a good story showing resilience and perseverance, along with another world view. I heard it said that cultural intelligence is one of the world's greatest challenges.

***

Mistina

Singapore - the land of peace as well as the land of rules and regiments.

Resilience Learned is a relatable piece; especially about hardship, of being alone, juggling personal and professional life and losing oneself in the process. These are experiences I faced in the last ten years and my motto to get through is "*Some days are diamonds; some days are stones*". I live by this, try to find daily solace in the smallest grants from life, accepting I am human and I have limited abilities but never a limit to what I can offer as my best. I see these in your words and your resilience.

Your writing has clarity as the words invite readers to journey and almost see what you saw so long back. That is commendable.

One message I love from your book is "*Anything but war!*" This message is powerful in a simple three-word sentence.

***

Radhika Nagpal
New Delhi, India
Dentist
(Former Dental College Classmate of the Author)

This book is not just a story; it is Menaca's first-hand experience which is full of a plethora of different emotions. The ease with which she has described the trauma and pain that she has actually gone through is commendable. It truly depicts her decent family values and immense courage that she is built of. She and her book are an inspiration for one and all. I congratulate her on her truly deserved mega success. May God shower choicest blessings on her and her family.

***

Rohan Mehra

I live in London, UK. I am originally from Mumbai, India
I am a voracious reader, avid debater and a soft skills trainer

After reading the book, the first words which come to mind are **genuine** and **hard hitting**. When you read the issue of the struggles faced by the author in Sri Lanka, you feel as if you are reliving the agony and pain along with her. And as her journey unfolds, she beautifully makes you aware of perhaps the biggest and most ignored issue i.e. mental well-being and health. Throughout the book I am with the author, I am crying with her, I am living with her, I am laughing with her and more so the person in me is being reignited by her. Kudos on a brilliant attempt at discussing this delicate issue. A must read and surely a first of many more to come from her.

***

Ruqya Khan
I am from India but UAE has been home since 1997
SMILE strategist ☺

I read after a very long time and enjoyed it immensely. Your journey kept me gripped by its honest narrative. The grit and grace with which you have walked life resonates strongly with me. I have had my share of valley moments and it is these times of darkness and despair that have seeded in me the love to share light with the world.

Your journey shows that when hope runs out and we feel lost. Self-love and trust shine the way for us as resilience. It has inspired me to trust the process and not be impatient for results.

The one take away message: Grit and grace can coexist

I would definitely recommend to friends and family. The youth of today live in a now society - they are spoilt for choices and have limited attention span. Your story showcases focus and that sharpness to stay on path. It is inspiration bound between covers, for all.

***

Dr. Sameer Hariani
Bengaluru, India
Currently the Rotary District Governor
(Former Dental College Classmate of the Author)

The story was very engaging and the aspects of the Dental College life in Bengaluru resonated with me because I have witnessed it first hand

This book has shown me that you are a very strong woman with a great attitude and spirit towards life. It's taught me that many a time when you meet a person or know the person for a while, not necessary that you know what that person has been through. So never judge a person.

I feel this book's message is: Never ever give up! Keep fighting and you will be victorious

The story demonstrates that there are solutions to even in the gravest of situations and reiterates that family and friends are the greatest gifts in life.

I would be happy to recommend this book to my friends and family. There are a lot of positive takeaways and learning for all.

***

Sharmin Shiran Massaron
Colombo, Sri Lanka
Homemaker, with two lovely kids

I had the pleasure of living a beautiful journey reading this story, embracing the toughest moments where I often give up, and had pride in finding myself to remove my insecurities and face the failures bravely. Yet a failure too is a priceless lesson, not to be repeated.

Menaca is so strong and resilient, rising high after every fall is something unique and that comes with endurance. The early childhood care and love from the extended families is something that I can relate to. She has learnt the artistry of overcoming pain, to look for alternative ways, thwart the failures and will not leave a stone unturned. Women gets into the trap of self-pity and torment, I personally couldn't liberate myself from humiliations. Menaca has boldly chosen to walk out, meaning she understood that resilience is learnable.

A good takeaway message from this book is to reach out to people even if you engulfed with your own miseries. Empower other women. Push behind your reluctance and make time for others. Give more and never expect anything in return. She has shown how to restructure the attitude, paying attention to our thought process and applying it as relevant.

This book tells us how to replenish and re-energise, taking a step back, some time for yourself before reacting. Our ability to bounce back, build on the courage, foster creativity and find the connections are key to resilience.

Menaca has shown that she is grateful for what life has to offer, let it be obstacles or blessings; she is ready to face them head on.

I want to recommend this book for women who want to rise from their mistakes, distrust and disappointments, as this book has a great message.

In conclusion Menaca wants to prove, power of resilience is way to success.

***

Sobhana Jaya-Madhavan
Associate Vice President, Simon Fraser University
Vancouver, Canada
Multi-award-winning Speaker

Menaca's story is a powerful story about the real impact of conflict within nations and ourselves...a powerful story of resilience, hope and the beauty of life.

Resilience Learned teaches the importance of resilience for our survival and for human beings to learn to be human and shows the real price of war.

One takeaway message: If there is a will there's a way

Reading about your experiences makes me realise the impact it can have on readers, inspires me to write and share my experiences too. It makes me want to have deeper empathy for those who have experienced trauma.

Recommendation: It can inspire cross-cultural understanding and self-reflection.

***

Sowmini George
London, UK

Having known Menaca for a while, it came as a shock to read this book. I wasn't aware she and her family were on the frontlines of the civil war in Sri Lanka. My stomach churned constantly as she laid out in detail the harrowing experiences and it became difficult to continue reading at some point.

Now having finished the book, I am quite humbled in the knowledge that I have a friend who can teach me a thing or two about resilience when I complain or fret about the small things in life.

I think more than anything the book brings you a fresh

perspective while hammering home the fact that we need to step out of our lovely little protective bubbles and take a deeper look at the world around us. I know I will, having read this book. Thanks, Menaca, lest we forget!

***

Steven Green
United Kingdom
Multi-award-winning Trainer

A very moving read that had me drawn in, it's a wonder how someone can experience a life like this and still be here to tell the tale. A must read.

***

Sue Curr
United Kingdom
International Speaker & Mindset Strategist

Having just finished reading *Resilience Learned* I can honestly say that from first word to last, I was completely drawn into her story. The way Menaca brings her story to life throughout this book pays testament to her skill as a writer for sure but moreover serves to engage the reader in such a compelling manner that you really do begin to feel as though you are walking the journey by her side

She has for me successfully combined both the cold, hard facts of not only living through but the need for learning the power of resilience in the most shocking of scenarios. At times the emotions she experienced were tangible bringing both complete clarity as to just how dire the situation was together with the true meaning of fear as seen through the eyes of someone who not only experienced it herself but learned the lessons she needed to along the way and which in turn were able to continue to serve her throughout her life to date

Personally speaking (and for many different reasons) I could totally identify with the fear and roller coaster of emotions that

Menaca has experienced in this the ultimate journey of a live lived through *Resilience Learned* – there were (and am I certain will be for others) many parallels in her book in which the incidents were vastly different but the emotional reactions were the same, it is after all a very real story, written by a real woman, living in an at times all too real world – and I cannot see how anyone having had the good fortune to read it would fail to be able to empathise with her journey and the way she has ultimately come to live her life today

For me the biggest learning point was to truly understand the impact; both mentally and emotionally, that living daily in fear throughout the most horrific of circumstances of the Sri Lankan conflict had on ordinary people, whose only agenda in life was to live happily in peace. Man's inhumanity to man never ceases to sadden me and this is reflected beautifully within this book

This inspirational story will I feel serve to provide food for thought for anyone (me included) who faces up to or has to deal with conflict in that we none of us truly know how much we are capable of doing, being or achieving until we really have no other choice than to find a way somehow but in being able to do so we do in turn (all of us) come to know the truth of who we really are.

I would happily recommend that anyone who wishes to understand what the human spirit is capable of achieving should read Resilience Learned and perhaps even use it as a starting point for understanding just how much of an important part resilience needs to play in the daily act of living life in the 21st century

***

Susan Robichaud
Canada
Marketing Expert for Healthcare Professionals

I am not saying this because you are my friend, Menaca, but this is the BEST book I have read (and I read A LOT!).

I felt engaged from the moment I started reading the book,

right up until the end, it was so hard to put it down. I felt so invested in the story, and couldn't wait to read what happened next.

You are an amazing storyteller. Walking us through your life of trials, tribulations, and triumphs make us, who have never experienced war first-hand, better understand and experience (in a small way) some of the feelings and challenges you, your family and friends have lived through.

Having been born and raised in Canada, this type of story was not something common or familiar to me. This is the first time I have been able to gain a glimpse of this reality. You depict a vivid picture in our minds of what life was like, naturally making us appreciate and respect what so many refugees have dealt with, we gain a better understanding of their reasons for migrating to a better, safer life for their families. It made sense to me before, but now, I have a deeper understanding because of your courage to share.

I resonated with much of your story because I too have a loving family who only wants the best for my brother and me. I am also an entrepreneur, so when the story came to your dental practice and the challenges you faced, along with the success you achieved, I felt a connection. Our experiences are not the same, but the story is told in such a way that it draws the reader in, makes us feel like we are somewhat living the experience with you and feeling some of the excitement and relief when things did go well for you and your family.

I learned that resilience is what it takes to make it in this world and no matter how bad things can seem or get, there is always a way to change your thoughts and/or your actions to make life better for myself, my family and all those who surround me.

The biggest takeaway message from this book is, how well we care for ourselves determines how well we can serve and be helpful to others. This story makes me want to be a better person, to be more understanding of others and to continue to thrive and push through any challenge that comes my way.

I will absolutely recommend this book. I will for sure be sharing this on my social channels and to anyone I think can benefit when it is printed. It is an awesome gift idea too.

With all the challenges you were faced with, you continued to push through; education, marriage, becoming a mom, and entrepreneurship (owning your own practice). Many women, reading this will be able to see themselves in this part of your story. I know I did. We all have our stories, our own inner wars to deal with, but your story and experiences give hope, pushes us forward to know no matter what challenges or obstacles that come before us, we can be successful in all areas of our lives.

I am honoured to be your friend and equally pleased that your purpose is to help other women not only to succeed but to appreciate where they have been, where they are and help them push through to get to where they want to go.

Just an awesome, educational, fruitful read!

***

Thillaieswari
Chennai, India
Business Leader
(Former Dental college-mate, room-mate and colleague of the Author)

I really loved the way reading your story made me feel. It felt like I was catching up with you and feeling as if we were never apart. Your journey taught me that life is a struggle in different forms. Those who fight and persevere will win.

One takeaway message from the book is to learn to take life's challenges as stepping stones to success. Never give up when life is miserable, look for doors to change your world and take the bold step to change it.

This book brought tears to my eyes initially to know what you had endured in life to reach where you have today. The attitude you had in each situation and what you decided to learn from all the experiences.

The book has given me confidence to venture into doing things that may seem tough. I learnt that I should dare to take those life changing steps without fear.

I would be proud to recommend this book to my friends and family, to read the life of a friend, who is so dear to me, who fought so many battles in life to evolve into the person she is now.

***

Usha Gananeela
Bangalore India
Endodontist and cosmetic dentist
(Former Dental College-mate of the Author)

Starting from a beautiful Sri Lankan family, it's beauty, your childhood, devastating civil war, your tough journey on the rough roads… every small thing in the book kept me engaged I could visualise every small thing like your favourite colour dress to Grandma's handmade sweets and the struggles you have undergone traveling from place to place. I'm proud to have a friend who has carried on with all the struggles single handedly that too with a big smile. Really want to know how you did it.

I was impacted by a story of someone I knew for so long. I have learned the secret of 'Never give up'. You taught me to appreciate everything I have and never turn your back on challenges. You have inspired me to improve my business. You taught me to believe in my strength.

I would recommend this book to everyone who wants to learn resilience, stay positive and transform their lives.

I'm so glad to have found a friend like you.

***

Viboo Kangatharan
London, United Kingdom
Close friend of the Author and University student

Reading Menaca's book and being there through the writing process, I've realised that we've all got our demons, regardless of how successful and happy we may seem. I've known her my whole life and I had only known about a small fraction of who she is. She has enabled women, such as me, to not be afraid to make our voice heard and to openly speak about topics that our conservative society has deemed taboo.

I would strongly recommend this eye-opening book to anyone who wants to see through the eyes of a wonderful woman who has had to work hard and survive through many ordeals to get to where she is today.

***

Vivian Mckinnon
Belfast, Northern Ireland
Trauma transformer and growth enabler

Since 2010 I have lived just outside Belfast Northern Ireland. Prior to 2010 I had spent most of my life in an around a small village called Roslin, just south of Edinburgh.

Your words are very engaging and drew me in from the beginning. There was clarity and a sense of purpose from the very start. Yes, so much of it actually (too many things to mention) including the overarching theme that resonated with me the most was that feeling of disconnection and desire to find belonging. I could relate to your voice, the dedication and devotion to your inner true self and the recognition that you can be who you choose to be, better yourself and support others to do the same.

I learnt that regardless of your background, family, connection and having a trust and honouring yourself is the ultimate golden thread of humanity. As someone who has met you, I could understand your Moto of 'Be yourself, love yourself, and learnt to be your biggest advocate'.

It made me stop and think about my own journey and how what you had written fitted with my global view that things are changing, people are stepping back and standing up to be heard and seen to create a global coherence between our heads, hearts and guts.

Everything in this book was inspirational; It a fantastic example of strength, resilience and the power of curiosity.

I'd be recommending this book. It is a story of love, loss and everything in-between written by a real person and covering so many aspects of human existence, you can't fail to engage and connect with the content and style of writing. Well done Menaca, I knew you could do this.

***

Virendra Sharma
Member of Parliament for Ealing, Southall (UK)

This relevant, deep and moving telling of Menaca's story will be a stand out of the genre. Her narrative style and grace shine through every passage, and at no point do you lose sight of the real woman at the heart of the story. A lucid modern day novella, rooted in everyday experiences we will all recognise. Everyone will gain by reading her story.

***

Dr Anne M Yaminidevi Pushparajah
GP Kripa Health Ltd
Colac Medical
Victoria, Australia

Even as a childhood friend, I somehow missed some of the challenges you have gone through. I can relate to the first part of the story, having been part of it.

I admire you for the strength and your attitude of rising after every fall you have had. The story has impacted me in a way, I would try look deeper and not assume someone's successful from what it seems on the surface. Although the story at times tucked at my heart feeling the pain you have gone through, it also made me feel very proud to be your friend.

This book has inspired me to share my story and help others to accept them for what they are.

I recommend this book as friend, as an advocate for women and as a peace-lover to everyone I know.

Good luck my friend and may your journey continue from strength to strength.

In Appreciation

"I'm blessed with many who spread their wings with me!"
~Menaca Pothalingam~

Note To Asha:

I feel blessed to have you as my daughter, my companion and my rock. I want you to know you're the reason I want to breathe.

Asha, you've always been the silver lining in my life. You are the reason I try to be a better version of myself every day. You make me laugh, cry, rage and rejoice.

I am proud of the person you've become. You're beautiful inside and out and kind to everyone around you, ever ready to lend a hand and bring a smile to my face (most days). Know that you are and will always be precious to me.

***

Note To Anojan:

As a baby brother, as my playmate and as a partner in crime you've been an important part of my life. As siblings, we couldn't have been more different but united at the same time. Perhaps the contrast in our personalities has made us complement each and be unique individuals.

We both have gone through peaks and valleys, have shared a roller coaster of emotions and been there for each other always. Through our strength, togetherness and love we have withstood pain, challenges and the usual sibling quarrels. Regardless of where we are, what we do or how we feel we are the support system of each other through it all.

I'm blessed to have you as my little brother and I wouldn't change that for anything.

***

Note To Friends:

My friends are the flowers in my garden of life. My life wouldn't be the same without each one of you.

I am blessed to have such a long list of people I can call "my friend". Each of you know, I hold you dear and close to my heart. I could fill the pages with words to express my gratitude to each of you. Hence, I leave it as 'friends' for you to recognise yourself in that small word.

Thank you for the laughter and the good times we shared. Thank you for being there to hold me when I fell and thank you for the support through my hardships. Thank you for enriching my life with your love, affection and friendship. My life is richer for having you in it.

***

Note Of Thanks To Everyone:

Thank you to each one who contributed to my life, who love me and are there for me, always. Thank you to all my family, friends, teachers, colleagues, peers, coaches, mentors trainers and health-care professionals. Thank you to those who lifted me and cheered me along and to those who taught me the lessons, I needed to learn. To those who embraced me and showed me the way, thank you!

I couldn't have gone through my journey if you did not hold my hand, walk along with me, share my joys and sorrows and wipe my tears. I couldn't have been here to tell this story if you weren't part of my journey!

'*Resilience Learned*' is a compendium of stories within my story, born through the interactions, emotions and enrichment of many lives connected by threads of differing experiences.

***

Dear Reader...

A final note from me to you:

- Own what you are, what you have, and what you are going to be.
- Be aligned with yourself, be present for yourself and be passionate about what you want to be.
- Be known, be seen, be heard for who you are, for what you want to be and what you are becoming.
- Show up, stand up and speak up for yourself and others around you.

You are enough!!! Be unapologetically YOU!

Thank you for taking your precious time to read my book. I sincerely hope you enjoyed the roller-coaster ride along with me.

I would love to know how this book impacted you and made you feel. I eagerly look forward to your valued feedback at menaca@menaca.co.uk

As a token of appreciation, you can download a copy of "*Catch your Compromise*": from https://www.menaca.co.uk/catch-your-compromise.

This blueprint will help you identify the compromises you are making, which is holding you back from reaching your destiny. This guide is aimed at helping you to identify your compromises, become aware of them and help you deal with them over time. Though everyone compromises occasionally, when we compromise consistently it could negatively impact your health, relationships, performance and productivity. The awareness of them will help you identify and eliminate them when necessary.

Lovingly, Menaca
www.menaca.co.uk

Printed in Great Britain
by Amazon

13214460R00098